林奇梅童話故事集

傑克救了朋友

林奇梅 著

自序

走在公園的綠地裡，仰望著藍天白雲，是晴朗的天氣，在豔陽的照耀下，頗有夏日炎炎之感，一陣微風吹拂，尚覺涼意。從遠方的天空傳來陣陣聒聒聲，舉頭看見一群烏鴉飛過，想必是聰明的烏鴉長老感覺住在嘈雜的都市裡的不安，於是帶領著一群年輕的烏鴉們從城市搬家，要到郊外去居住。

陪著我一起在公園裡散步的，是一個朋友的一隻名叫傑克的小狗。傑克雖然長得不是很帥，但對主人非常忠心。自從傑克陪著主人前往英國南部肯特郡的農場度假後，回到格林佛小鎮來，每次與我見面時，總是搖一搖尾巴，然後環繞在我身旁汪汪叫著。他的主人說，傑克似乎有很多事情想與我溝通。也許他想告訴我，他與主人去旅遊時的見聞吧！傑克的一舉一動，觸動了我想要以傑克為題材來為兒童們編寫故事的靈感。就這樣，一篇篇的故事，就像眼前水流悠悠的柏恩河那般，一字一句地緩緩流淌進了我的稿紙上。

兔子是我與孩子和學生們喜愛的動物之一，我很喜歡為可愛的兔子們編故事。我時常到綠油油的野地上踏青，花草的芳香隨著微微的

涼風撲鼻，使我醺醺然沐浴在令人愉快的新鮮空氣裡。住在野地的兔子們聽出了我的腳步聲，一隻一隻地從小洞裡鑽出頭來。我們彼此已經非常熟識，對於我的到來，他們一點也不感到陌生或害怕。我曾編寫過一篇童話，是關於一隻靈敏又體貼的小白兔，因為失去媽媽而擔負起了家庭重任的故事。這隻小白兔表現了十足勇敢和刻苦耐勞的精神，非常值得人們敬佩和學習。故事裡，這隻靈敏的小白兔還幫忙父親到菜市場賣菜，而且靠著他的靈敏與熱心，終於幫助兔子阿姨珍妮一家人解決了經濟上的難題。

在嘉南平原的一個鄉村，有一棵茁壯挺拔的龍眼樹，樹齡早超過

百歲了。一個住在這棵樹上已有好幾代的白頭翁鳥家族，由於一次大颱風的侵襲，不幸被吹得四分五散。後來，失散的白頭翁兄妹，又是如何能手足重逢相聚呢？

雲雀本性溫和，雲雀媽媽又特別細心仁慈。雲雀鳥是如何以愛心和仁慈的胸懷，來照顧殺害自己孩子的兇手之兒女，並將其扶養長大的呢？雲雀媽媽所表現的母愛光輝是多麼燦爛偉大、多麼受人尊敬呀！

在一場聯歡會上，動物們聚集在一起吃喝享樂，並談談個人的甘苦。農場裡的家畜各有各的抱怨，儘管互吐苦水，卻也不忘七嘴八舌地讚美自己，炫耀自己的長處。有隻狗兒，在這個表演場合上使盡渾身解數，贏得了眾人的欽敬和賞識。

住在都市裡的烏鴉們，由於忍受不了嘈雜，於是決定由精明的烏鴉長老帶領離開受到空氣汙染的居住環境。他們跟隨著長老遷徙他處，最終是如何找到又舒適又安全的環境的呢？而長老又是以什麼方法來開導小烏鴉們，教他們懂得保護自己的呢？

一個聰明又善良的孩子，他曾如何面對錯誤而改過自新，最後勇敢地站起來的呢？他又是如何本著一顆善良的心，實現自我，幫助別人？

傑克是一隻聰明的都市狗，他如何拯救對自己並不友善的狗朋友呢？

鳥兒一早就起來為人們服務，唱好聽的歌兒。公雞也是一大清早就叫醒農夫們起來耕種，也叫醒家禽家畜起來運動。無論是小鳥或公雞，他們互相和睦共處，彼此從不會吵架，而且，鳥兒們還更懂得尊敬公雞。眾多動物們相聚在一起，比賽著他們最為吸引人的臀部，結果是誰得了第一名呢？

如果學習時缺乏扎實苦幹的精神，就像揠苗助長，硬拔稻子的秧苗而使得根部乾枯死亡，那麼失敗的機率將遠大於成功。

山茶花號稱中國玫瑰，它帶給人們什麼可貴的愛情故事呢？

水筆仔樹是一種落地生根的植物，卻有一些頑皮的水筆仔樹不聽他們父母的話，硬是想要伸向空中發展生長，結果如何呢？

一位富於愛心的媽媽，如何隨時隨地把握機會教導兒女，千萬要愛護大自然，而絕對不可採摘公園及植物園裡的花木的呢？

冰清玉潔的洋玉蘭花是甚受帝王宮庭喜愛的一種花卉，原來她有一個讓人欣賞而難忘的故事。

太陽以其寬闊的心胸，與雲帝和風神較量本事。最後，太陽以微笑來表現自己，並且贏得整個大地人們及花草樹木的歡迎。

傑克伴著我走出了公園，我放開了他的繩索，他就像一隻脫韁的野馬一般奔跑著，狂叫著。我和狗兒兩個，一起奔馳在格林佛小鎮的寬廣綠地裡，我們站在一座跨越柏恩河的拱型木橋上，抬頭望著在藍天裡騰湧著的白雲。這時，我們忽然看見成群的烏鴉向著南方飛去。烏鴉們真的如我所寫的故事那樣，由一隻精明的長老帶領，聒聒地叫著，準備移居他鄉外地嗎？或者只是日暮鳥歸巢呢？

以上這些生活中的觀察和想像，使我在腦海中構思出一篇篇引人入勝的故事。現在，我決定將它們「謄寫」出來。於是，就有了這本我以《傑克救了朋友》為標題的童話、童畫書。我多麼渴望我的思潮，能像泉水一般自由奔流，好使我能夠輕意地，向親愛的小朋友和諸多讀者們，傾訴心中要表達的愛心，使每一篇文章和每一幅畫，都能像可愛的傑克帶給我和朋友們的那樣，也帶給大家蓬勃的朝氣和無限快樂……

林奇梅

二〇一一年九月二十八日教師節

於倫敦格林佛小鎮

傑克伴著我走出了公園，我放開了他的索帶，他就像一隻脫韁的野馬一般奔跑著，狂叫著。我和狗兒兩個，一起奔馳在格林佛小鎮的寬廣綠地裡，我們站在一座跨越柏恩河的拱型木橋上，抬頭望著在藍天裡騰湧著的白雲。

目錄

第二單元　傑克救了朋友

目錄

第三單元　頑皮的水筆仔樹

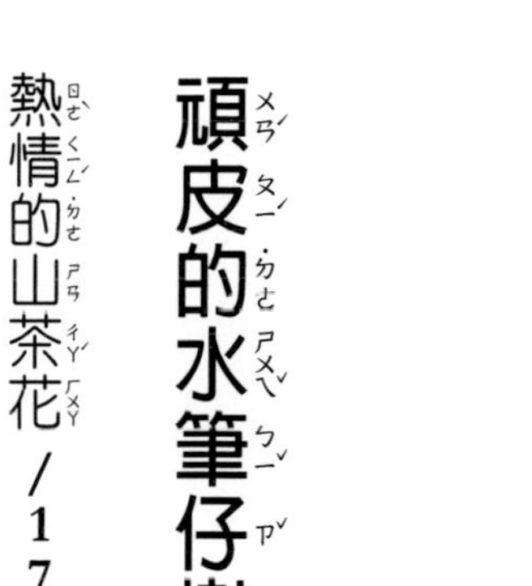

第一單元

靈敏的小白兔

靈敏的小白兔

英國中部的依爾佛郡的一個小鄉村裡，有很多綠油油的農地，農地上種著各種各樣的蔬菜和麥子。每一年，那兒的麥子都大大豐收，足以供應幾個中部郡城所有人口的食物需要。

小白兔魯頓就住在一個名叫希爾頓的鄉村。小白兔魯頓的家附近有很多農場，他的爸爸魯偉柏也擁有一座農場，這個農場的名字就叫做「偉德農場」。偉柏農場的名字很好聽，也很特別：

那是小白兔魯頓的父親，經過多年的辛苦工作，好不容易存了一大筆錢買下來的，也是為了紀念在第二次世界大戰時為國犧牲的祖父魯偉德，而取了現在的這個名字。

農場雖然小小的，卻是父親多年辛勞的成果。事實上，全家人的生活所需和孩子們讀書的學雜費，全都是靠著將農場所栽種的蔬菜拿到市場銷售，才有錢支付的。

每一年，魯頓的父親都會在偉德農場種植很多的白菜和紅蘿蔔，還有一大片番薯田。魯頓是個非常孝順的孩子，他雖然每天都必須去上學，然而只要一放學，他就會馬上到農場幫忙。

如今，早已是機器現代化的時代，無論是播種的春天，或是莊稼收割的秋季，大家都是使用機器來耕種和收穫的，既快速又省力，可以說，所有的農場都這麼做，非常普遍。然而，小白兔魯頓的爸爸卻買不起機器來代替人工。因為，魯頓的家庭十分窮苦，而且自小就失去了母親，全家一個父親加上五個小孩，全都依賴著爸爸的農場收入來維持生活。在這樣的情形下，每到農忙時，偉柏先生除了必須雇用一些工人來幫忙之外，他的幾個兒女在讀書放學後也都必須到農場幫忙才行。

父親的年紀越來越大，身體也漸漸沒有以前那般硬朗了。

小白兔魯頓的聰明和靈敏，除了幫忙父親照顧一家大小外，他還懂得關心別人，他幫助孤兒的義行，贏得學校及社會人士的讚美。

魯頓是家裡的大兒子，理所當然地必須擔起農場和家務事的大部分責任。所以，在星期假日，魯頓一大清早就得幫忙父親，挑著白菜和紅蘿蔔到菜市場販賣。魯頓家農場的白菜十分新鮮，紅蘿蔔又紅又甜，很多家庭主婦都非常喜歡光顧他們的菜攤子，所以一大擔子的蔬菜在市場裡很快就賣完了。

小白兔魯頓在挑著白菜和紅蘿蔔到市場去賣的路途上，偶爾會看見一個撿拾破銅爛鐵、舊箱子和舊報紙的太太。魯頓發現，每天市集將結束的時候，這位兔子太太總是穿著破舊衣服，背上揹著小嬰孩，左手牽著一個未滿三歲的孩子，慢慢地走到市場裡來。假日，市場買菜的人非常多，新鮮的蔬菜很早就賣完了，這位太太就是想買新鮮菜蔬也買不到了。而且，魯頓好幾次看見，那位兔子太太就彎身撿拾著，地上一些菜農棄置不要的菜葉，和一些已經破爛而被丟掉的蘋果或橘子。

小白兔魯頓是個聰明又靈敏的孩子，非常富有憐憫心腸。當他多次留意到那位衣衫襤褸的兔子媽媽，總是又揹又牽著年紀幼小的孩子時，很快就意識到她們必然是來自一個貧窮困苦的家庭。魯頓覺得，這位媽媽看起來是位意志堅強的白兔太太，不過，她們家似乎與小白兔並不是住在同一個村落。

有一天，小兔子魯頓特意留了一些白菜，想贈送給這位白兔媽媽。當這位媽媽來到魯頓的攤位時，魯頓立刻將那些早已打包好的白菜，放到白兔媽媽的菜籃子裡去。沒想到，他的好意卻

受到了這位媽媽的強烈拒絕。她對魯頓說：「小魯頓，我謝謝你的愛心，但不能免費接受這些菜。你工作得很辛苦，我得付錢給你，你可以算我便宜些就很好了。」

此時，魯頓意識到自己的認知是對的：這位兔子太太果然是一個喜歡自力更生又堅強的好媽媽！最後，魯頓只好依照兔子媽媽的意願，向對方收取原來菜價一半的錢。魯頓並沒有馬上把這件事情告訴父親，他是希望，當有需要稟告父親時，可以報告更多相關的細節和發展吧。

暑假來臨了，魯頓有了更多的時間來為家人服務，他每天起得很早，挑著擔子來到農場，努力工作，努力耕耘。魯頓從小失去了媽媽，因此需要付出更多時間和努力來幫助爸爸，照顧家人和經營農場。因為失去了媽媽，因此他看見這一位刻苦的媽媽，就更加關心和憐憫，想要幫

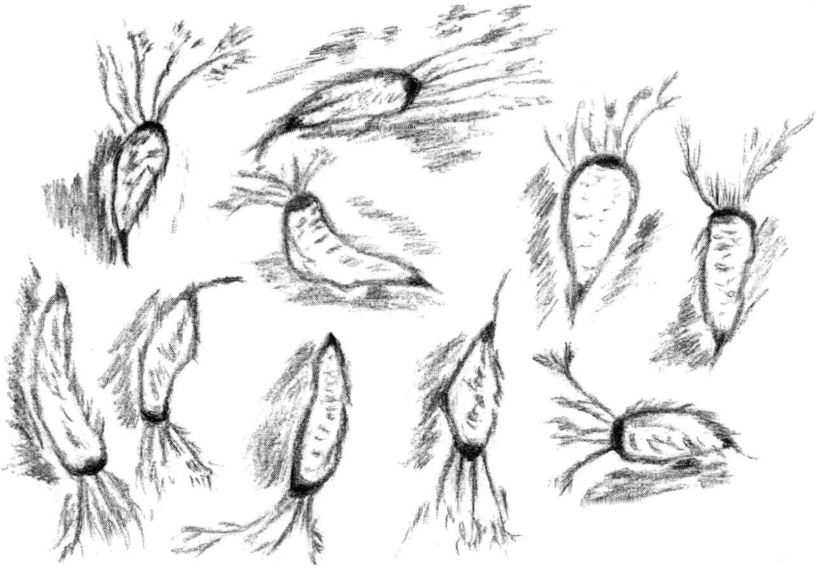

魯頓家裡的農田生產了很多紅蘿蔔， 那是他們一家人努力耕種的成果。

助這一位媽媽的心思一直耿耿於懷。

有一次，有個顧客向魯頓買菜，並要求送府服務。買菜的人並不是住在希爾頓村，而是住在稍遠的隔壁村落。雖然距離有一點兒遠，然而，考慮到做生意本來就得服務顧客，魯頓只好答應，而不辭辛苦地走路送貨。

路途雖然遙遠，魯頓每次都會將那位顧客所買的菜如期送到。由於魯頓的用心和誠懇，因此這位客人就成為了魯頓的好主顧。

魯頓每次送完貨後，總是輕輕鬆鬆地踏著快樂的步伐走路回家。有一次，他走著走著，無意間經過了一間屋子，屋前有很多破舊的空箱子和報紙。小白兔魯頓突然站住了腳，他自言自語地說：「這些東西好像在哪兒見過？」他想了想，的確覺得很熟悉呀，又思索了一會兒，終於想起來了：這些箱子、報紙不正是那位曾經到自己的攤位買折價白菜的白兔媽媽，在路上所撿拾的破爛東西嗎？

聰明的小白兔雖然有了這樣的領悟，卻沒有馬上去敲這戶人家的門，因為那會顯得太唐突而不禮貌。於是，他心中有了一個主意，那就是他應該用什麼方法，來幫助這位媽媽，解決她們家

在生活上所遭遇的困難。魯頓知道，只要自己的能力做得到，他願意盡力設法來幫忙白兔媽媽家的。

有一天，魯頓終於有機會從他送貨的家庭主人約翰那兒得知這戶人家的故事。約翰說：「小魯頓，我告訴你這戶人家的故事吧，那是一件令人傷心的悲慘故事。這個媽媽並不是小孩的親生媽媽，她的名字是珍妮。珍妮的姐姐和姐夫在一次車禍意外中死亡了，卻留下三個未成年的小孩。珍妮雖然原本有自己全職的工作，卻不得不辭掉工作，而全心全意來照顧這三個孤兒。由於生活的壓力，她只能揹著孩子去做臨時工，並撿拾破銅爛鐵和舊箱子、舊報紙賣給舊貨商來增加一點收入，好扶養和教育這三個孤兒。就這樣，珍妮非常勇敢地扛起了姐姐一家的家計。但是，她是不會隨便接受人家的同情和贈與的。」

回到家後，魯頓將這幾天自己所注意到的事情，以及約翰所講的有關珍妮幫助孤兒的故事，告訴了父親偉柏。魯頓問父親說：「爸爸，請問我們應如何來幫忙珍妮呢？」

偉柏說：「魯頓，雖然珍妮家裡窮苦，但是珍妮的自尊心很需要受尊重。我們如果真的想幫忙她們一家人，我想到了一個方法：那就是每當我們農忙要請臨時工時，就請她來幫忙，她甚至

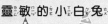

還可以幫我們記農忙時候的帳，而且有時間的話，她還可以幫你們補習，指導課業。除此之外，你不妨替她們到慈善機構登記一下，看看能不能有多一點的幫助。這是最好的方法。」

魯頓非常感謝父親的教導和所提出的主意，於是馬上依照父親的意思去辦理。從此，珍妮很高興能根據她自己的方便，安排好時間來魯頓家的農場做長工，她們的生活也因此得到很好的改善。最棒的是，三個孤兒也與魯頓及他的弟妹們都成了好朋友了呢。

魯頓的聰明和靈敏的義行漸漸傳了開來，村裡村外的男女老少都非常稱讚他。後來，他當選為希爾頓村最最年輕的好人好事代表，光榮地接受了村民和學校的讚美。

白頭翁鳥兄妹

有兩隻白頭翁鳥兄妹，住在台灣嘉南平原一個小村子的一棵龍眼樹上。這個村落附近有一座美麗中外知名的山，那就是著名的阿里山。

那棵龍眼樹的樹齡相傳已經超過百年，聽說原本是某戶人家好幾代以前的祖先，栽種並留存至今的老樹。這一戶人家的先祖，曾經是非常窮苦人家的小孩。由於家境清寒，家中又有眾多的兄弟姐妹，身為家中大兒子的他，在小學畢業後便毅然地離開家鄉到城市裡做苦工。許多年過去，雖然工作非常辛苦，他卻從來沒有怨天尤人或自暴自棄。

他在城市裡努力工作，領了薪水，除了將一大半寄回家鄉外，其他的錢就儲蓄起來。經過多年的漂泊奔波，他年紀漸漸地大了，雖然在都市裡賺的錢較多，靠著多年存下來的儲蓄也可以寬裕地享受生活，然而，他思念故鄉的心卻越來越強烈。於是，就在他中年時，終於決定回到故鄉成家立業，一邊從事農耕，一邊為鄉民服務。

白頭翁鳥兄妹住的農場裡有很多百年以上的老樹。

在故鄉，他經常幫別人的忙，做義工，為鄉親做了很多的公德事，比如：為鄉民跑腿服務，設立學校，鋪橋造路等等善行。於是，他成了當地有名的鄉紳，很贏得鄉民的愛戴。

這位鄉紳年輕時，

除了為自己的家人努力耕種和儲蓄外，也為鄉民能生活得更好，教導鄉民如何賺錢和儲蓄。他每天從早到晚不怠不懈地工作，非常辛苦勞累，甚少休息，結果積勞成疾，回鄉不久就過世了。

可以想見，他的過世，家人和鄉民是多麼傷心和難過啊！這位鄉紳最喜歡吃的水果就是龍眼，於是他的夫人為了紀念他，就在他家屋子前面的大庭院裡栽種了一棵龍眼樹。

日子一天一天地過去，這棵龍眼樹長得越來越高大，濃密青翠，每年春天花香隨風飄送遠近，到了七月即果實纍纍。除了一家幾口人享用之外，鄰近的鄉民也都有機會分享，品嚐那可口甜

蜜的龍眼滋味。

這棵龍眼樹長得茁壯挺拔，樹葉濃密，很受鳥兒們的青睞。在那些時常棲息的不同種類的鳥兒當中，最喜愛築巢在這一棵龍眼樹上的小鳥，就是白頭翁鳥家庭了。

有個白頭翁鳥家庭，代代相傳，一直住在這棵龍眼樹上。他們從先祖開始築巢，然後傳宗接代，與龍眼樹相處也有百年之久了。這是他們的家，他們喜歡與龍眼樹為伴，龍眼樹也喜歡他們。每天清晨，太陽還未升起，白頭翁鳥家族就在這棵樹上唱起歌來，鳴吟歌誦大地的美麗。一會兒，美麗的太陽露了臉，喇叭花們也微笑地開放，與太陽玩起了追逐遊戲。小鳥們一早就隨著他們的爸爸媽媽到鄰近曠野裡飛翔，農村裡的農夫們也扛起了鋤頭和畚箕，趕著牛兒到田裡做活了。

每年春夏秋冬輪替，歲月流轉，日子一天一天地過去，這個鄉村的居民們莫不過著快樂平安的日子。

然而，天有不測風雲，人有旦夕禍福。有一年夏天，颳起強烈颱風，閃電雷鳴交加，帶來傾盆大雨。這場雨，竟然連續下了一個月之久。結果，臨近的阿里山發生了山崩，深山累積的大量雨水傾瀉而下，造成河流下游暴漲滿溢，導致嚴重水災，山下村子裡的大小樹木都被連根拔起。可憐！老邁的龍眼樹也逃不過這一次大劫難，粗大的樹枝斷落，樹幹也被折成兩段，白頭翁鳥家族也不知去向。

這場大水災造成了阿里山鄉近的幾個鄉村被掩埋在沙土之下，有的村落則有不少房屋倒塌，甚至被大水沖走，居民死傷和失蹤無數，成百上千居民沒有房子可住，小孩成了孤兒，農作物幾乎一無存留。

被迫離散的白頭翁鳥兄妹，不知彼此下落，也不知自己身處何地，為了保全自己性命，也只能先飛往他處安居。

由於阿里山屬於國家公園保護區，政府和各地慈善機構很快發起了救濟和重建的愛心活動，捐款來自台灣各地方、各階層。經過大家的努力和通力合作，阿里山不久即恢復了往日樣貌，巨大的神木青翠盎然，自然的景色美麗怡人，重新帶來了川流不息的旅遊觀光潮。阿里山附近的鄉村也恢復了往日的風光明媚，美麗的嘉南平原依舊放眼可見綠油油的稻田。

雨過天晴，天氣轉好。白頭翁哥哥是一隻聰明的鳥兒，他知道自己的雙親在這次的大颱風中過世了，弟弟妹妹們也分散各處；他確實不知道如何把弟妹們找回來故鄉團圓，唯一能做的事情，就是自己先回到老龍眼樹建造新家園。

春來秋去，原本斷落倒折的老龍眼樹慢慢地長出了新的枝幹和樹葉，白頭翁鳥哥哥也築好了新居，成家立業，有了自己的孩子，全家快快樂樂地住在這棵老龍眼樹上。

白頭翁鳥哥哥現在雖然有了自己的新家庭，生活也很安定，他卻下定決心，一定要找回自己失落的幾個弟妹，手足重聚。白頭翁哥哥一有時間，就到處找尋，但每次總是失望傷心而回。

所幸，皇天不負苦心人。就在一次鳥兒相聚的年會裡，聰明的白頭翁鳥哥哥吟唱了家族流傳的音樂，白頭翁鳥妹妹認出這首耳熟能詳的家歌，於是她相信那隻唱歌的鳥兒就是自己失散多年的親哥哥。就這樣，兄妹相認，場面多麼令人歡欣雀躍呀！對這雙鳥兒兄妹來說，這的確是一個深具意義的年會。

那棵百年的老龍眼樹有了人們的愛心照顧，如今依舊長青，而在溫暖的陽光照耀下，濃密的樹蔭反射著金黃耀眼的亮光，就在舊屋宇的前庭大院裡，白頭翁鳥的一家人也分別在龍眼樹的上下各層樹枝間築巢，聚居在茁壯挺拔的龍眼樹上，過著平安祥和的日子。

雲雀的偉大母愛

隨著春天來臨，天氣轉好了，公園裡各種花朵，以她們最為美麗的顏色盛開著，在公園的小徑散步，馥郁芬芳的花香薰得人們陶醉。

住在劍橋大學城裡的的學生們，每天快樂地揹著書包上學，在公園裡，到處可以聽到小孩子們的歡笑聲，大家都知道春神帶給大地喜訊。

住在樹上的鳥兒們，這時也特別忙碌，到處找雜草和小樹枝條，要為即將出生的孩子們，在樹裡最隱密的地方築巢，建造新家。

啄木鳥的住家就在高大榆樹的樹洞裡，他的日常工作就是找尋棲息在樹洞裡的蛀蟲——他是全世界知名的樹醫生。

眾多烏鴉們喜歡群聚在同一棵樹上，黃鶯和百靈鳥則喜歡躲在又高又隱密的樹林裡。知更鳥和人最親，喜歡住在人們住家附近的蘋果樹旁，或是終年長青的樹叢中。知更鳥的族群，今年添加了很多對新婚夫妻，結婚後他們都要離開父母，開始為自己的

新家庭和即將來臨的小知更鳥找尋安全的地方築巢。新家庭找尋的地點，一般是離自己父母所住的地方不遠，尤其喜歡找玫瑰樹和蘋果樹叢來築巢。

喜鵲向來喜歡與人為伍，他們是一種非常隨和的鳥類，特別喜歡啄食人們留下來的食物，所以喜歡住在公園附近，尤其是接近餐廳的大樹，那是喜鵲們認為築巢的最佳地點。

雲雀的歌聲非常迷人，他們喜歡住在隱密的櫻桃樹叢裡。現在，他們從早到晚忙著找尋麥草和樹藤，以便能築個美麗又安全舒適的窩，更希望今年所做的窩能禁得起大風吹襲，不易被吹落或倒塌。

有一對互相吸引的雲雀，在所有的鳥兒族群裡是最有名的唱歌高手，他們的歌聲婉轉悅耳，贏得了眾鳥們的喝采。今年春天，這對雲雀結為夫妻了，現在正為著將要出生的小雛，努力尋找理想的新窩地點呢。雲雀向來較一般鳥兒挑剔，因為他們喜歡住在開著粉紅色花的樹叢裡，而且講究葉子多、花兒多之外，還要越隱密越好。於是，新婚夫妻每天忙進忙出、忙上忙下地到處找尋。皇天不負苦心人，雲雀夫妻終於找到了正開著粉紅色花朵的櫻桃樹叢。他們同甘共苦地將鳥巢築得特別美麗舒適，於是高興得每天早晚唱著悅耳的歌兒。

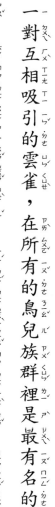

雲雀媽媽終於如願地產下了三個小鳥蛋，然後高興地坐在巢裡孵蛋。雲雀先生則別有重任，他必須到處找尋食物，好供應雲雀媽媽孵蛋時所需的營養。

住在森林裡的布穀鳥，在樹梢頂端哭哭啼啼，她的哭聲不時引起詩人們的無限哀愁。每年的春天，布穀鳥總是匆匆忙忙地到處找尋代母。他們天生多愁善感，而且打從老祖先開始就不曾照顧過自己的小雛。於是，在孩子尚未出生之前，布穀鳥就忙著尋找代母，代為孵蛋和照顧扶養其後代。

一般說來，布穀鳥在眾多鳥類可選擇作為代母中，她最屬意的就是雲雀了。因為，雲雀除了會唱歌外，還富有仁慈愛心，是公認且受人稱讚的溫柔體貼的好母親。聰明的布穀老早就探訪清楚了，她知道這對新婚的雲雀才剛生下蛋，也知道這隻雲雀媽媽會是一個好母親。

布穀鳥媽媽生下鳥蛋後，便小心翼翼地口銜鳥蛋，飛到雲雀新窩附近的樹上等待，等到小雲雀媽媽出外的空檔時間，偷偷地將自己的鳥蛋放進小雲雀媽媽的鳥窩裡。

一般布穀鳥的鳥蛋都比雲雀鳥蛋大一些，倘若雲雀的鳥窩太小，此時布穀鳥自私的本性就會顯現出來，那就是：布穀鳥是有名的殺嬰兇手！

這隻剛生過蛋的布穀鳥媽媽也不例外。當她來到小雲雀的鳥窩，看見三顆雲雀鳥蛋就在窩裡，雖然這個新鳥窩很舒適，無奈鳥窩實在是太小了，容不下她自己的大鳥蛋，此時布穀鳥媽媽為了自己的後代，就自私地將雲雀的一個鳥蛋給踢掉，然後小心地將自己的鳥蛋給放了進去。她的偷襲行為是多麼卑鄙和錯誤啊，然而為了自己的後代，她居然將「物競天擇，強者生存」的大自然定律實踐得這麼徹底！可憐的小雲雀每天仍然只會數著鳥蛋的數字是否正確，卻不知其中一個鳥蛋不是自己的兒女，而是兇手

有著善良品德的雲雀媽媽，無私地照顧著殺死自己兒女的兇手的後代，她的慈愛心腸贏得同情和讚美，她的母愛真偉大。

布穀鳥媽媽的後代。

　　善良的雲雀是一位仁慈的媽媽，只知道自己三個蛋並沒有被小偷給偷襲，她每天高高興興地努力按時孵蛋，經過數個星期，小鳥終於給孵出來了。雲雀媽媽將小鳥各取了名字，也付出了無比的愛心，每天找尋最好的食物和小蟲來餵養這三隻小鳥。

　　三隻小鳥漸漸長大，布穀鳥的體格壯大，而為了身體能源的需要，總是搶先取走了另外兩隻小雲雀的食物。食物供不應求，使得雲雀媽媽不得不早晚冒著風吹雨打，到處尋找食物來餵養這三隻小鳥。

日子過得真快，三隻小鳥越長越大，布穀鳥的身體胖大如牛。由於小小的鳥巢已容納不下三隻小鳥，此時這隻備受照顧卻生性自私的布穀鳥，其本性使然，為了自己的成長，竟然將另外兩隻小鳥給無情地踢落樹下，而只讓自己盡享養母的大恩惠，每天高興的接受養母雲雀仁慈和關心的照顧，而小雲雀媽媽卻一直都不知道她正撫養著一個殺死自己兒女的小兇手布穀鳥。

含辛茹苦的雲雀媽媽，經過幾個月的愛心奉獻，將自己的殺兒兇手布穀鳥給扶養長大了。

布穀鳥媽媽可真聰明又記性好，她很會數日子，幾個月過後，她清楚記得該是自己兒女被撫養長大而開始要學飛的時候了。她來到代母雲雀的家，就在櫻桃樹叢附近的一棵大樹上，咕咕地啼叫不停。她以布穀鳥固有傳統的音階鳴叫喚醒了小布穀鳥，她的哭啼和鳴叫說著：「咕咕……咕咕……咕咕，我的小布穀鳥兒女，我是你的生母，請你快點兒準備著回來媽媽的身邊吧！我好想念你，你快點兒回到母親的身邊來吧……咕咕咕咕……咕咕……」

有一天小布穀鳥趁著雲雀媽媽不在家時，跟隨著親生母親遠飛，離開了那個照顧他長大，而兄弟姐妹被他給殺死的窩。他沒

有一聲感激，竟然趁著養母外出不在時，頭也不回地離開了那小小的雲雀窩。

雲雀媽媽滿懷仁慈地照顧著自己兒女兇手的壞人，而付出了無比的愛心，縱使她知道自己把壞人給養大了，然而，她又如何與自然的天性搏鬥？何況她天生就有好心腸，不計罪人之過，所以上帝賦予她一副有美麗的歌喉。

動物們的聯歡會

庫克農場在英國北部，農場裡養了各種各類的家畜家禽，家畜包括馬、牛、驢、豬、狗、兔、貓等，家禽則有雞、鴨、鵝等，數量繁多。

李察是庫克農場的主人，他經營農場很多年了，非常愛護他的家禽和家畜，鄰近農場和朋友因此十分愛戴和尊敬他。

農場裡的家禽家畜們時常聚在一起談天話家常，說說各人的甘苦和一些有趣的事。

母豬時常抱怨說：「唉，我們的主人李察，提供給我們豬家庭的食物，老是不夠吃！」

鵝媽媽也抱怨說：「我的小鵝們愛漂亮，每天只想在水裡輕鬆游泳、照水鏡，而不想起來到河床上運動運動。現在，他們走路越來越笨拙了，一點也不靈活，真糟糕！」

鴨媽媽則說：「我的小鴨們每天就只會跟著媽媽在農場草地上排隊走路，而不學習如何在河流裡捕捉小魚吃，我也很煩惱呢。」

庫克農場每天總是有很多有趣的事情發生，動物們雖然也有不少抱怨，但其實日子過得頗歡欣快樂的。

庫克農場裡的動物們，覺得最高興、最值得回憶的事情，要算是每半年在農場寬闊的運動場上，舉辦一次的動物聯歡晚會了。

本次聯歡晚會活動所準備的食物特別豐富，有兔媽媽準備的炒紅蘿蔔和綠花椰菜，還有馬鈴薯泥做的三明治，豬媽媽也烤了草莓蛋糕，羊媽媽煮了青草茶，馬媽媽帶來了野菜沙拉，狗媽媽準備的紅茶和咖啡也是必不可少的。

今年的聯歡會，由喜歡穿美麗衣裳的公雞當節目主持人。公雞不但長得帥，而且盡忠職守，每天清早就跟著太陽起床，為農場做了最早的服務項目，那就是大聲啼叫，叫大家起床耕田或上學。公雞的啼叫聲強勁有力，很受農場主人和其他動物們的賞識和尊敬。

今天，公雞穿上鮮豔的紅衣裳，脖子上結了一條黑花領帶，衣冠楚楚地走上台階，眾人立刻熱烈鼓掌歡迎。公雞點頭鞠躬，先用他那炯炯有神的美麗眼睛環視著周圍一會，然後以宏亮的聲音說道：「大家好，我是公雞約翰，今天很高興來到這裡，與大家一起慶祝半年一次的動物聯歡會，我很高興看見大家興致勃勃地攜家帶眷來到會場。首先，我要感謝眾多媽媽們為了這次會議不辭辛苦地準備了各種各樣的甜點和飲料，還有眾多朋友為本次會議花了不少時間布置會場。這次，我們特地請來了兔子叔叔吉米領導的『嘟嘟』管樂團來為大家做義務表演，他們將在會場為大家演奏兩首歌，同時整個晚上的音樂歌唱也都將由該團來做伴奏。現在，讓我們大家一起鼓掌歡迎『嘟嘟』管樂團！」

公雞一說完，立即聽到眾人舉起雙手拍著叫好：「歡迎！歡迎『嘟嘟』管樂團！」

指揮家吉米隨即上台指揮「嘟嘟」管樂團的表演和整晚節目的伴奏。

「嘟嘟」管樂團一上台，就先演奏了兩首歌。接著，公雞宣布道：「我們這次活動的節目安排得非常緊湊，有社區媽媽合唱團的大合唱，還有天鵝媽媽女兒們的舞蹈表演，以及鴨媽媽女兒們的聒聒表演劇等等。」

公雞一說完，表演台下熱鬧非凡，只聽到嘰嘰喳喳的吵鬧聲音。

此時，公雞只好提高嗓門接著說：「敬請大家注意，今年聯歡晚會最最重要的主題是，參加本次會議的各家動物們，都必須表演拿手好戲。」

公雞繼續說道：「由於時間緊湊，我也不多說，希望大家玩得愉快，我們的節目現在就開始吧！」

於是，所有動物們就在寬闊的廣場裡圍繞成幾個同心圓，或坐或站立地專心看表演。

歌唱表演首先出場的是小雲雀。眾所皆知，小雲雀的歌聲非常柔美甜蜜、清新動人，因此，她一唱完立即贏得了眾人的如雷掌聲。接著，蝴蝶姐姐的舞蹈表演開始了，她在花叢裡翩翩飛舞著，舞姿美妙輕盈，衣裳飄飄。同樣地，蝴蝶姐姐的表演也贏得了觀眾的大聲喝采。接下來，大家看見小蜜蜂從玫瑰花朵裡鑽出，他以音質特殊的嗡嗡聲唱出爵士歌曲的快奏，既受到眾人欣賞，也贏得了

動物們的聯歡會熱鬧非凡，家禽和家畜們各自表演了他們的拿手好戲，狗兄的拿手功夫就是如何贏得主人的快樂和歡心。

各種花朵的笑臉相迎。然後是媽媽合唱團上台唱歌，她們以三部合聲唱了幾首歌，高中低各部聲音配合得恰到好處，大家聽得如醉如癡。

觀眾們一面觀賞一面品嚐各種甜點和飲料，有的動物甚至還不知不覺地跟著曼波而跳起舞來了呢。

表演中場結束，公雞又拿起麥克風說：「今天，各位已經品嚐了各種點心甜品，我們得感謝諸多姐妹們對於本節目的支持，撥時間做了各種點心和準備了可口而不同的果汁。我在此再次感謝眾多媽媽姐妹們的辛勞，也請大家再次鼓掌謝謝她們。」

　　當下，在場的動物們都舉杯歡呼、鼓掌感謝眾媽媽姐妹們的貢獻。

　　眾人感謝完，公雞繼續說道：「現在我們可以開始欣賞諸家動物們的拿手好戲表演吧！」

　　小白兔表演跳躍，雖然他的尾巴短短的，卻跳得又快又遠，觀眾都覺得棒極了。老實的牛爸爸姆姆和太太美美既不會唱歌，也不會跳舞，只能不急不徐地叫幾聲「哞哞！哞哞！」牛爸爸的聲音強勁有力，牛媽媽的叫聲則讓人感受到溫柔的母愛，因此也贏得了眾人的高聲喝采。

接著，羊媽媽帶著一群小白羊兒上台來。羊媽媽首先帶頭叫了三聲：「咩咩！咩咩！咩咩！」這時，小小白羊們也昂起頭，面帶微笑看著大家，然後學媽媽叫了一聲長音：「咩咩！……」小羊們輕脆的聲音博得大家一致的讚美，而且，他們當時的樣子說有多可愛就有多可愛哩。

然後是小貓咪的節目。小貓咪用她輕脆的聲音「喵！喵！喵！」叫了三聲之後，旋即一躍而上，輕鬆自在地就跳到了樹上。這時，眾人異口同聲說道：「哇！好俐落的輕功夫。」貓的輕巧手腳，相比中國飛簷走壁的輕功，有過之而無不及，可真叫人羨慕呀！

豬媽媽接著帶領小豬們上台。她們既不表演唱歌，也不表演跳舞，純粹是上台亮亮相。因為，豬媽媽已經將小豬們洗了一身香噴噴的澡，還灑了香水，每隻小豬都打扮得漂亮極了。小豬們的尾巴捲捲的，並且特意綁上了紅絲帶，非常可愛動人。亮完相，她們同聲唱出：「齁！齁！齁！」然後昂起頭，歪著抬高了鼻子，眼睛轉右轉左，然後，定定看著大家，那意思好像是：「我們長得夠肥、夠嫩、夠漂亮吧？」眾人看了，不由得立即拍手歡呼叫好。豬媽媽一高興，也渾然忘我地在眾人面前大搖她那美麗而又豐滿的臂部。

馬兒爸爸和媽媽帶著昨天才剛出生的小馬來向大家獻寶。馬爸爸、馬媽媽分別站在表演台兩邊，同時吹起口哨，踢著馬蹄鐵，輕快地跳起了踢踏舞。他們一邊跳著，一邊隨著音樂節拍甩著頭，同一時間，引得眾人也不知不覺跟著他們一起跳起踢踏舞來。這時候，整個場地真是熱鬧非凡，充滿了歡樂聲。

公雞雖然身為晚會主持人，卻表現得非常謙虛。現在，輪到他表演了。不用說，大家都知道，他的拿手功夫是雄偉的軍歌號響。他一站上台，其雄偉的站姿，立刻贏得了諸多母雞們的青睞。公雞手拿麥克風，隨即對著太陽啼叫：「喔喔喔！喔喔喔！」

會場裡，所有出席的動物們都表演了他們自己的拿手功夫。奇怪的是，唯獨不見狗朋友的蹤影，更別提看見他們的表演了。於是，大家開始忙著到處尋找小狗威廉一家人，甚至七嘴八舌著急地呼喚著：「威廉！威廉！你們一家人在哪兒呀？」

誰知，卻聽到威廉不知從哪兒冒出來，應聲道：「我們在這兒呢。」

這時，公雞立刻拿起麥克風說道：「狗兄，我們大家在這兒都依約表演了各人的拿手功夫了，卻還沒有見到你的表演。大家都等著看你表演呢，請不要讓大家等太久，何況，小孩子們也不能太晚上床睡覺。你向來跟大家相處得很好，請不要客氣推辭，或猶豫不決而讓大家失望。快點兒拿起麥克風，好好為大家表演你的拿手好戲吧！」

公雞著急地催促著，眾人也都滿心期待，想看小狗威廉表演。

威廉今天穿著一套非常瀟灑的西裝，脖子上結著一條三角巾，打扮得非常帥氣，有如電影明星約翰・韋恩。只見他不慌不忙地走到前台，站穩了腳，拱手點頭向大家鞠躬，然後拿起了麥克風說著：「好吧！我但願不會辜負大家的期待。現在，就讓我在這兒為大家表演自己的拿手功夫吧！如果表演得好，就請大家鼓鼓掌；

要是表演得不好呢，也請不要見笑。敬請大家拭目以待吧！」

於是，威廉帶領著孩子們排成一字隊伍開始表演。首先，他們同時轉身，俏皮地翹起了圓屁股，搖搖長尾巴，左三下，右三下。然後，又再次轉身，抬起頭，張著嘴，流口水，頭同時往上看，可愛的尾巴左右搖擺著。

眾人看完了小狗一家的表演都表示吃驚，異口同聲說：「狗兄，這是什麼把戲？這就是你的拿手功夫嗎？這也算是表演節目嗎？」動物們七嘴八舌地議論紛紛。

小狗威廉回答說：「真對不起，我得請各位父老兄弟姐妹原

諒原諒。在我的一生中，只學會這一個拿手好戲來討好主人的歡心。事實上，我單單憑著這一個小動作，就能贏得主人的快樂和歡笑呢。每一次表演完，主人都會摸摸我的頭表示讚賞。所以，我還沒有學到其他把戲。這一點，還請各位多多包涵吧。不過，我的表演難道真的有什麼不對嗎？」

眾人聽見狗威廉如此坦白，也都體諒了狗兒的心情，以及他隨時得討好主人的那種無奈和委屈。狗兄的一番話感動了眾人，突然，會場安靜了下來，大家靜默無語。當下，真可以說是「此時無聲勝有聲」啊！

主持人公雞看見大家被威廉的坦白，感動得各有所思，覺得該是做一個歡樂結束節目的時候了，於是宣布道：「我相信，大家對於今天的相聚，一定都感到很快樂！那麼，我們這一屆的動物聯歡會節目就到此結束。讓我們期待下一次的相聚，我們現在就散會吧！」

公雞一宣布晚會結束，動物們就在吉米的『嘟嘟』樂團帶領下，合唱起〈當我們同在一起〉的團結歌曲。於是，聯歡會就在大家互道晚安中完滿結束，各家動物們彼此互說再見，各自回家去了。

精明的烏鴉長老

一群住在英國倫敦郊外的烏鴉，他們不會唱歌，但是他們喜歡到處飛行去做長期或是短期的旅行和尋找食物。

烏鴉們雖然不會唱歌，但是卻很喜歡把自己打扮得漂漂亮亮和帥氣，你看！他們每天穿戴整齊而且一身黑色禮服。他們的帥氣倒是很受鴿子們的歡迎，鴿子和烏鴉們時常手攜手在野草地上，一起啄食和幫忙找尋食物。

烏鴉們平常有了自己的窩、自己的生活方式和飲食習慣，但是他們是一種群居的鳥類，他們的窩會築在同一棵樹上，我們可以看見在某一棵茁壯的橡樹上，就有十幾個大小不等的烏鴉窩，構成自然景觀，很是特別。

由於世界各地工業的迅速發展，經濟的建設起飛得快，大都會的建設也跟著腳步走得快，於是都市周遭受到嚴重的空氣汙染，城市周邊的河流也受到汙染而汙水沉濁日趨嚴重，交通秩序也日漸雜亂和吵鬧。

這一群長期住在都市裡的烏鴉們，有鑑於都市的混亂和空氣的汙濁，會影響到身體的健康，於是，有團隊而又互相關心族群安危的一些長輩群，他們相聚在一起討論這一件事時，不免憂心忡忡。於是，常常相聚在一起的烏鴉們，組織起了一個團隊，選舉了一個富經驗而又熱心的長老名叫威廉，作為他們的領袖，大家都希望這一位備受大家尊崇的領袖能為他們想出好方法，做好的計畫和各種的準備，以便他們能過安詳而快樂的日子。

天氣漸漸地轉涼，炎炎的夏季就要過去了，寒風吹黃了樹葉，卻帶來了不停的下雨。由於天氣的急速變化，使得很多的烏鴉們不能適應，小烏鴉們時常生病和嘔吐。雖然經過了住在附近啄木鳥醫生的檢查，無奈也不知道疾病發生的原因，和改善病況的方法。

一些較為激進而急性子的烏鴉們，在開會時，總會為此問題而請教長老說：「親愛的長老，請問你，有何種好方法或是藥物能夠來治療我們的族群免於生病和死亡啊？」

長老為了這一件事情也非常擔心和煩惱，他聽到族群的問話，不禁皺起了眉頭回答大家說：「各位朋友，對於這一個問題，我會想出好辦法來為大家解決，敬請各位放心。」

他多次與著名的啄木鳥醫生約翰研究小烏鴉們生病的原

因，同時作更多方面探索，更急切地到處詢問祕方，但是，狀況越來越嚴重，病情傳播的範圍也越來越大。

為此，威廉長老與約翰醫生以及烏鴉族群的一些代表們，緊急通知開會。他們經過多次

精明的烏鴉長老以他自己豐富的處事經驗，帶領烏鴉族群離開受到汙染的都市，而安全地移居到空氣良好的鄉村居住，並且教導小烏鴉們如何避免危險。

的討論和研究，終於發現了小烏鴉們生病的原因，那就是：呼吸了已經被污染的空氣，飲用了不乾淨的水、露珠和食用不清潔的垃圾。獲得了這一項大發現，於是烏鴉族群馬上想到了一個好方法，這一個好辦法就是由長老來宣布：「各位朋友，對於這一件族群群體生病的問題，我們唯一的解決辦法就是必須立即搬家，我們設法搬到較為安靜而空氣良好的郊外去，請各位朋友準備搬家的各項事宜。謝謝各位的合作。」

搬家的日子終於來臨了，這群烏鴉們在威廉長老的帶領下，就結伴出外找尋一個乾淨而又安靜的鄉村，經過幾天的飛翔和探

索，這些烏鴉們終於在英國北部的約克鄉村找到了大橡樹園，那兒安靜又安全，於是大夥兒就分工合作地忙著築巢，蓋起自己的房子，烏鴉們從此就各自有了一個安靜的家了。

由於飛翔找尋的工作已經耗費了幾天，旅途勞累使得大夥兒都需要休息，大家又各自忙著建立自己的窩，於是烏鴉長老請大家稍作休息後，再相約出外到附近的空中盤旋飛翔，藉此尋找食物。

經過休息後的烏鴉族群，每一隻的精神都很好，他們看見地上有一大片黃澄澄帶點褐色的麥子，鼓鼓垂垂的穀子隨著風兒搖曳，真是美麗極了。烏鴉們被這一片長得金黃又豐盛的麥田引得飢腸轆轆，並且垂涎欲滴地想要趕快飛到麥田裡吃一頓飽。於是，在威廉長老的帶領下，他們結伴飛行出遊覓食去了。

年輕的烏鴉們迫不及待地要降落在金黃的麥田裡，躍躍欲試這一大片麥子的芳香，卻被年紀較大的烏鴉們給阻止了，因為這樣的行動很冒險，容易發生意外。

威廉烏鴉長老曾經是個非常有經驗的探長，當他年輕時，曾經領隊參加各種鳥兒的射擊戰比賽，與敵人近身接觸、互相攻擊作戰。他曾經帶領群隊贏得勝利回家，也曾經失敗受過傷。雖然，經過多次的挫折和失敗，他卻都能接受挑戰，迎刃而解。一般烏鴉的族群領袖和老前輩都認識他，也備受年青烏鴉們的尊敬。於是族群的代表們請求威廉長老幫忙，對於這一個新環境先做個探險。

受到大家推崇的長老，有了重任在身，一點也不敢輕忽怠慢，立刻振翅飛到麥田裡做探尋。他先飛到離麥田不遠的小樹叢林裡，停棲在幾棵樹葉稍多的叢林枝幹上，隱藏著自己不要被人發現。他的腳踏著枝幹，然後昂起頭，輕輕地拍拍翅膀，小心地輕叫了幾聲，然後轉著頭，前後左右各觀看了幾下，稍微停歇一會兒，繼而再飛到離麥田較近的草地上啄食蚯蚓，藉此再做觀察。經他一再環繞察看，覺得此地非常的安全，而且無任何嘈雜的聲音，看不到有任何戴斗笠的稻草人出現，也沒有看見可疑的農夫在此農田裡耕作和走動，或是在大樹底下休息。於是，威廉烏鴉長老心中有了十足的把握，確定此地是可以安全覓食的地方。

威廉長老很快地飛回到大樹林裡，向大家報告好消息：「烏兒們，請注意聽，在威爾斯山的山腳下，有一大片黃澄澄的麥子可以啄食，山路旁又有一條名叫威恩河的河流，這一條河流是泰晤士河的上游支流，河水清澈得很，你們可以喝水並在那兒洗澡，雖然我已經觀察了麥田的狀況，但是，當你們飛到那兒啄食

穀粒時，仍需要格外小心和注意安全，你們必須在太陽下山之前歸隊，以避免發生危險。」聽到威廉長老帶回來的好消息，這一些肚子早已餓得嘰哩咕嚕叫的鳥兒們，大家異口同聲地說：「謝謝威廉長老，我們會遵守長老的話和指導。謝謝！」

於是，經過有經驗的長老威廉的指導，和族群長輩們的帶領下，這一群活潑快樂的小烏鴉們就飛到麥田裡啄食穀粒，每一隻烏鴉都吃得飽飽而捧著鼓鼓脹脹的肚子，高高興興地飛回到他們剛做好，舒適而能住進去的鳥窩，那是位在幾棵橡樹上的新家。他們快樂而高聲地唱著自認為好聽的「咯咯咕咕」的催眠曲。

第二單元

傑克救了朋友

一顆善良的心

明偉今年七歲了，他是一個不愛說話的孩子。當明偉三歲的時候媽媽就過世了，爸爸為了賺錢，常常需要出外做活，所以明偉就交由祖母來照顧。祖母年紀老邁，又不認識字，關於如何教育孩子的事，她根本一籌莫展。

由於明偉沒有了媽媽，爸爸也時常不在身邊，祖母因此對他特別疼愛和呵護。明偉年紀小，不懂得祖母特別疼愛他的原因，久而久之，反而變得十分驕蠻不講理。在家裡，他感到非常孤單寂寞，覺得祖母並不了解他，所以脾氣也越來越孤僻怪異，不知道自己的行為有什麼不對。

明偉的頭髮又濃又黑，但是，常常因為不梳理而顯得雜亂，整個頭髮就蓋在一張跋扈倔強的小臉上。他的眼睛細細小小的，還圍著兩個黑眼圈，扁塌的鼻樑下有個大而寬厚的嘴巴。總之，他的臉似乎就寫著：「我是個調皮搗蛋的學生。」

他時常獨自在附近的公園踢球、盪鞦韆。有一天，明偉用他那有點汙垢的小手掌，小心翼翼地捧著一隻美麗斑斕而又受傷垂

死的蝴蝶，來到級任老師的辦公室門口。他微微張開手掌，讓老師看看那隻可憐的蝴蝶。老師看見蝴蝶的翅膀破爛了，身體還顫抖地在掙扎著。事實上，這隻蝴蝶的身體已經脆弱得幾乎飛不起來了。

這時候，明偉的眼睛專注地察看著老師的反應，他的眼神流露出深切的懇求，彷彿在說：「老師，請你救救這隻可憐的蝴蝶吧！」

這個令全校老師頭痛的孩子，實際上擁有一顆善良而熱愛學習的心，只是被他的怪異行為遮掩而被忽略了。由於明偉並不善於表達和溝通，以致大多數的人不了解他，以為他就是愛搗蛋。可喜的是，經過幾位有愛心的老師循循善誘之後，他的行為表現有了很大的改變，越來越喜歡學習，也知道如何與朋友好好相處了。

從此，學校的老師對他的看法也大大地改觀，不再認為他是一位頑皮的學生了。他在家裡會幫祖母做家事，在學校裡也懂得尊敬師長，友愛同學，學業也日益進步。後來，學校的小博物館成立，他加入了蝴蝶研究小組，學會捕蝶，也學會將各種蝴蝶依品種分類，將不同的蝴蝶蛹移到培育園內的籠子裡。他也時常到公園或學校花園，尋找幼蟲來培育和照顧呢。

他很認真地學習和研究，表現出卓越的責任感和使命精神。他的善良天性和正直無邪的個性，以及聰明的天資終於被發現了。在諸多老師的耐心教導之下，有了飛躍性的進步。老師們看到他認真地學習，積極地幫助其他同學，都深深地受到感動，曾經多次公開地讚美他足為同學們的楷模。

這位懂得改過自新、奮發圖強學習的好學生，最後以應屆第一名畢業生的身份，穿戴整齊地上台接受了校長的頒獎。這也算是一則浪子回頭的故事吧。

傑克救了朋友

有一隻狗，他的名字叫做傑克，是一隻對主人忠心耿耿的狗。這幾天，他覺得日子和以往有些不同了，但並非有什麼特別值得高興或讓他難過的事。他對朋友說，他需要與他們分開一段時間，暫時不能天天見面了。他為此覺得有些難過，朋友們對他的臨時通知也覺得甚為驚奇。但是，他向朋友們做了一番解釋，也告訴朋友他一定會再回來與他們見面相聚，只是不知道那是何

年何月了。他的朋友們起初都很難過他的離開，但是經他的一再解釋，他和朋友們就不再那麼難過了。

說真的，傑克完全不知道主人有什麼計畫，或是要上哪兒去玩，只知道主人威廉和夫人南希已經開始準備行李了。

傑克最好的朋友就是吉米，他是主人的司機。

吉米曾經透露主人最近的新消息，他對著傑克說：「傑克，我們今天就要與主人和夫人去一個鄉下農村度假，到那兒，你可以看見很多的綿羊和母牛，還有小豬和幾匹馬。在那兒，你會結交到新朋友的喔。」

傑克看見吉米帶著高興又激動的心情對他說話，雖然有一點兒不想離開，每天與他一起在公園裡玩耍的玩伴們，但是，傑克是一隻頂聰明的狗兒，他不想掃吉米的興，還是搖著尾巴表示高興附和著。

出發那一天，威廉和南希的大大小小行李都已經搬上了車子，但是，他們並沒有發現傑克不安的神態，只有吉米最為了解傑克的需要，那就是，在出發前，必須帶傑克去散散步。在公園那兒，傑克可以繞繞圈子，甚至小解一下，使自己的身體輕鬆輕鬆，那是每隻動物都需要的。在公園，傑克還可以與他的朋友說

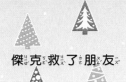

再見，同時也可以告訴朋友，他將要去一個農場，碰見新朋友和看一些新奇的東西。

經過了幾個小時的行程，威廉的車子從倫敦一路沿著高速公路行駛，路過幾個小小的鄉鎮，周邊的美麗風光，確實比傑克每天與吉米在自家附近的公園和綠地要漂亮多了。傑克正陶醉在英國的鄉村風光裡時，突然聽見主人威廉和南希說：「各位，我們現在終於到了度假農場了。」吉米將車子給停好在汽車停車場。

傑克跟著大家一起下車，他一下車就發現，原來他們已經置身於英國南部的一個農場，這個農場還提供住宿呢。他們遠遠地看見農場的主人跟隨著一隻牧羊犬，走過來歡迎他們，並且與主人威廉和南希打招呼寒暄問好。

農場的主人名叫大衛，有一個圓圓的臉，身材矮矮胖胖的，看起來很有福相。他先看了傑克一眼，然後就轉頭對著威廉說：「各位好，歡迎各位來到『都衛農場』，你們可以提著行李到預先準備好的住宿汽車旅館，也可以自由參觀各個農場。但是，請注意一件事情，那就是在我的主要農場裡，不允許你的狗兒到處亂跑，否則會被我罰款的喔。」

大衛介紹他身旁的牧羊犬彼得給威廉說：「威廉，這是我的

牧羊犬彼得，他是我們村裡獲得獎品最多的一隻好牧羊犬。」大衛一面說著話，一面不屑地瞧著傑克看。

威廉也對著彼得介紹：「大衛，這是傑克，他與我們住在城市裡很多年了，他是我們最忠心也最喜歡的狗。」

聽完大衛和威廉的介紹後，傑克搖上尾巴，向著大衛和彼得打了一個很有禮貌的汪汪聲招呼。然而，令人失望的是，彼得對傑克卻是來個不理不睬，既不搖尾也不叫聲「汪汪」作為回應，顯得驕傲極了。傑克的一腔熱情卻換來冷眼，他非常失望。但傑克是隻聰明的狗兒，他的最大優點就是忍耐的功夫特別強，他保持著君子風度，不與對方計較。這一點，可是其他狗兒所不能比的。

主人威廉回答說：「大衛，好的，謝謝，我們一定會遵守。」

於是，威廉、南希、吉米和傑克，就一起往汽車旅館休息了。

隔天早晨，傑克看見牧羊犬彼得趕著羊群到農場吃草。傍晚，他又看見彼得趕著羊群回到窩裡。傑克心想：「也許彼得不見得是一隻趕羊的能手，而是那些羊兒都是乖乖聽話的動物吧。我，傑克也一樣可以讓這些羊兒乖乖聽話，趕著他們去農場吃草，趕著他們回窩裡休息。」傑克想到此，他的心中也就很踏實而不嫉妒了。

威廉、南希和吉米三人打算到農場附近的一個古堡參觀。令人失望的是，古堡規定：不准狗兒進去。於是，傑克只好孤單地留在汽車旅館休息等待。

傑克整天獨自待在

富有同情和仁慈心的豬媽媽安慰小狗傑克不要傷心難過，同時也邀請他能分享主人給她吃的晚餐。

汽車旅館前院裡，不免感到非常無聊和寂寞。時近黃昏，他遠遠地看見彼得依照往日的時間，來到農場裡趕著羊群回家。

傑克看見有一隻不聽話的羊，幾經彼得多次催促，卻仍然賴在農場裡，不肯歸隊。於是，傑克自告奮勇地跑到農場，他想幫彼得的忙。然而，事情的發展，卻非傑克所想像的那麼簡單。那隻頑皮的母羊非但不歸隊伍，還頂著羊角對著傑克攻擊。於是，向來沒有做過趕羊工作的傑克，這時心裡一慌，就在農場四周圍亂跑亂竄。這下可慘了，不但沒有幫上彼得的忙，又給彼得添加了麻煩。傑克心中可氣急敗壞了，其結果不用說，他被農場主人大衛給關在與豬相鄰的高牆倉庫房裡。這次，傑克終於嘗到了什麼叫不自由。

傑克心裡懊惱到了極點，他自言自語地說道：「我真的是自作自受！真令人傷心極了。我犯了規，惹了禍，自己還被罰關了起來。更糟的是，我的主人會因為我的不忠實、不遵守規定而被罰款。唉，我真不應該，真該死！」傑克自責地喃喃自語著。

傑克在倉庫裡，害怕又難過地躺臥在一個小角落裡。他後悔自己所做的事情，那就是未經主人同意，擅自做出不允許的事；又因做得錯誤，而引起農場秩序大亂。想到此，他難過傷心得掉下眼淚。他就這樣躺在倉庫角落裡，傷心地思前想後，最後竟不知不覺地睡著了。

夜晚已經近了，傑克醒來時，聽到有人叫著他的名字。於是，他睜開眼睛看，有隻母豬走到他身旁，問他說：「傑克，你好，我是母豬安妮。天晚了，你該肚子餓了吧？你要不要與我分享主人大衛今天給我的麵條呢，不知道你喜不喜歡？你已經醒來了吧。事情都過去了，不要再難過傷心。今天主人給我的晚餐份量很多，我可以分一半給你，我們一起來分享吧！」

傑克趕緊從地上爬起，雖然肚子餓極了，心裡的難過卻使得他一點都沒有胃口。但母豬的慈愛，他很感謝。於是，他趕緊向母豬安妮說聲：「安妮，真謝謝你的好意。我因為做錯了事情，傷心難過極了，雖然肚子很餓，卻沒有胃口，吃不下晚飯。謝謝你的好意，你的晚餐就留著自己吃吧。」

安妮回答說：「傑克，你也不要太難過了，我們每個人都會犯錯，這是一個教訓。何況，你也不是故意犯錯，你是為了幫彼得的忙而不得要領。而且，你從不曾接受過趕羊群的訓練。對你來說，要做好一件從來沒有做過的事情，並不容易。你以後做事，只要多想一想，小心不要觸犯規章就是了。」

傑克聽了安妮一番安慰的話，他的心中可就坦然多了。有了安妮的了解和安慰，他不再那麼難過，但還是沒有什麼食慾，因此仍然婉謝了安妮的麵條晚餐。

於是，安妮只好自己慢慢享受著麵條大餐。

小狗傑克因未經主人的允許，做錯了事情，因而被處罰關在農場的穀倉裡，他感到傷心難過，也覺得非常孤單和寂寞。

飯後，傑克與安妮，一起聊天話家常。傑克講些他在城市裡的幾個朋友的故事給安妮聽，而安妮也一樣說說農場裡感人的故事給傑克聽。從安妮的談話中，傑克知道了，牧羊犬彼得因為多次贏得獎品，受到主人的疼愛，所以越來越驕傲。也因為如此，驕傲的彼得也越來越目中無人，看不起其他動物們，這是可以想像到的。

傑克被關在倉庫的那兩天，母豬都與他分享食物，他因此與母豬做了好朋友。他非常感謝母豬對他的照顧和安慰，他知道母豬安妮才是一個真正了解朋友的朋友。

第三天清晨，傑克終於被釋放出來，他可高興了，因為終於獲得了自由。根據吉米說，傑克被放出來的理由是，本年度的牧羊犬功夫比賽又開始了，農場主人大衛希望威廉、南希、吉米和傑克都能夠一起到現場為彼得加油。

這一次，主人威廉特別叮嚀傑克，必須守規矩，好好聽話，不要再自作聰明，而被誤認為是故意搗亂，破壞秩序，害他被罰款。傑克很忠實地看著主人威廉，同時搖著尾巴，不斷地點頭。

比賽的農場場地非常寬廣，四周圍有綠油油的高聳大樹環繞著。這一天是星期六的上午，因此來參觀的民眾非常多，看台上

早已坐滿了觀眾。傑克遠遠地就看見了彼得與大家正排隊進場。有趣的是，參加的牧羊犬所趕的羊群不是自家的，而是由大會指定的一群未經馴服的羊，牧羊犬必須依登記時給的號碼進場，而表演的先後秩序就依當時抽籤的號碼決定。今年參加比賽的農場主人有十家之多，可以說各個農場的牧羊犬都非常熱心地參與。今年，彼得抽到了第五號。

來自不同農場的牧羊犬，在這次比賽中，都表現得令人叫好，值得稱讚。

傑克發現，彼得雖然是隻令人討厭又驕傲的牧羊犬，但輪到彼得表演時，他卻能夠在面臨這麼一個緊張的時刻裡，表現得格外鎮定和沉著。說真的，彼得一進場其氣勢就與眾不同，他不慌不忙地點點頭，搖搖尾巴，與群眾們打個招呼。接著就環顧四周，以銳利的眼神看著羊兒的動靜和前往的方向，他的動作非常敏捷，俐落而迅速。傑克看得出來，彼得是一隻經驗豐富的牧羊犬。以今天來比賽的十隻牧羊犬各自趕羊群歸隊的表現而言，彼得的表現最令人滿意。縱使彼得導引羊群時曾發生過失誤，卻能以最短的時間，糾正那些頑皮或比較固執的母羊，高高興興地趕緊歸隊。從彼得的表現中，可以了解他的確擁有獨到的趕羊功

夫，訓練有素而駕輕就熟。在整個一小時的趕羊群歸隊的行動中，彼得的表現真的令人非常滿意，值得讚賞。幾個鐘頭下來，雖然十隻牧羊犬的表現都算極佳，但因為彼得能以最短的時間、最和諧的方式使羊群開開心心地歸隊，所以勝出，再次贏得了冠軍。

看見彼得衛冕成功，再次獲得冠軍，農場主人大衛和威廉、南希、吉米等人衷心地為他高興，拍手叫好，高聲歡呼，他們甚至開了香檳來慶祝呢。

令人遺憾的是，獲獎後的彼得，行為舉止更形驕傲了。

日子過得真快，傑克與主人威廉、南希和吉米來到農場已經第五天。再過幾天，傑克就可以回到自己的家與老朋友見面話家常，傑克高興地期待著。

星期天早晨，威廉、南希和吉米正準備到農場附近的肯特山嶺登山。南希為了登山正準備著一些食物和飲料，傑克和吉米也利用空檔時間在汽車旅館前的草地上玩球。突然，傑克看見農場主人大衛匆匆忙忙地來到汽車旅館，他按了按門鈴，威廉來應門。

大衛氣急敗壞地說道：「威廉，牧羊犬彼得失蹤了，我們已經找了一天一夜都沒有找到。你是知道的，彼得是獲得多次冠軍

的好牧羊犬，我非常害怕和擔心他會被壞人給牽走或遇害。我想請你們大家來幫忙尋找，可以嗎？」

威廉回答說：「大衛，請你不要急，你在附近的幾個農場都找過了嗎？」

大衛回答說：「威廉，是的，附近的幾個農場和鄉村，我們都找過了，只是靠近西弗古堡地區的幾個農場，我們還未曾去找過。」

威廉又說：「大衛，我們正準備要去西弗古堡地區登山。請你不要急，我們幾個人，就往那個方向去尋找彼得吧。」

大衛回答說：「威廉，是的，謝謝你，那麼就麻煩你們幾位吧。我還得去幾個村落再找找。」

農場和汽車旅館的人，現在都離開去尋找彼得了，威廉顧慮到整個農場的安危，於是吩咐傑克必須待在農場裡幫忙看

小狗傑克為了救牧羊犬朋友彼得，趕緊帶領他的朋友去尋找彼得失蹤的地方。

家，不得出門或到處蹓躂。傑克點點頭，搖一搖尾巴，表示對主人的答應。大夥兒於是開始往西弗古堡的方向前去幫忙尋找彼得了。

大衛感謝傑克因為接受主人威廉的命令而待在家裡，除了看管汽車旅館附近的房間外，更特准傑克可以進到主農場周圍，去看管整個農場的安危。

威廉等一夥人背上揹著小背包，手裡拿著一本地圖，往西弗古堡的方向前去。說到西弗古堡，那是一座非常著名的古堡，是英國國王亨利八世時代，其皇后的故鄉，也就是英女皇伊莉莎白一世外祖父的故居。

農場主人帶領著一群人前往其他鄉鎮，搜尋牧羊犬彼得的下落去了。整個農場這時顯得空蕩蕩，寂靜無聲。傑克環繞著農場四周，他必須注意附近狐狸家庭，會趁著農場空無一人的時候來偷雞。傑克與農場裡執勤的公雞，分別擔任了幾項不同的職務，這些職務，當然除了旅館客人房間的安危外，還包括留意養雞農場的安危，免得狐狸偷襲。

傑克當然無法像彼得那麼會趕羊，按部就班很有技巧的趕羊出來吃草，趕羊歸隊回家休息。但是，傑克是隻非常敏捷而又聰明的城市狗，他有一個非常靈敏的鼻子，那是傑克最令人稱羨

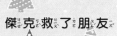

的器官，他的嗅覺絕非常人可比。於是，傑克好好利用自己的長處，一面巡視主要農場周圍，一面用他的鼻子嗅，在大樹和野地的草坪上，慢慢地尋找著彼得的足跡。

突然，他走到堆積成山的麥草堆附近，有股特別的味道引起了他的注意。這個味道並非來自麥草本身，而是某種動物身體散發出來的氣味。傑克發現，他越走近味道越濃。雖然，這味道使他若有所悟，但由於接近黃昏，天快要暗下來了，因此他感到有點心慌。

傑克走到這裡，實在說，他的心中有點兒害怕。因為，此地並非傑克所認識的環境，他擔心會碰到狐狸。如果只有一隻狐狸，從這個方向進入雞農場襲擊，傑克相信自己足可抵擋攻擊無疑；但倘若是成群的狐狸或野狼，他一定就應付不來，甚至還會受傷。想到此，傑克更加害怕而緊張不安。

天越來越黑，傑克想到自己有責任保衛農場，那麼就只好「既來之，則安之」吧，縱使碰到壞狐狸和野狼，他也需要全力以赴。終於，他的勇氣戰勝了恐懼，於是繼續抬頭挺胸往前巡邏。

傑克甚至想到中國的一句成語，那就是：「不入虎穴，焉得虎子。」

傑克一面走一面安慰自己說：「此時是我需要救人、救雞群的時候，如果小小的挑戰我都害怕退縮，甚至不肯自我犧牲，那又如何能成為英雄呢？」

於是，傑克勇敢地再向前進。雖然黑暗就要來臨，他還是鼓起勇氣，一步一步地往前邁進，探索下去。

傑克這時走到了第三堆麥草堆旁，突然，看見有個藍色的牌子躺在地上。他不知道這是什麼，只是直覺到，那不就是彼得獲獎那天所贏得而掛在身上的獎牌嗎？此時，傑克有了膽識和信心，他猜測彼得必定是在這附近失蹤的。

傑克一面用鼻子拚命到處嗅了嗅，一面繼續往前搜尋。突然，他又有了新發現：他看到離草堆不遠處有個洞口，這個洞並不寬大，但可以容得一隻動物的身體進入，看起來很像一口古井。傑克嗅出來有一股身體的氣味，這個氣味是與他同樣的狗的腥羶味，他還聽到了狗的呼吸聲。他想：「會是彼得掉到了古井裡嗎？」於是，他叫了幾聲，看看彼得是否有所反應。然而，卻只聽到動物的喘氣聲。不過，傑克此時更加相信那一定是彼得的掙扎氣喘聲息。

天色已經晚了，傑克心想：「我必須趕緊回家，否則威廉等

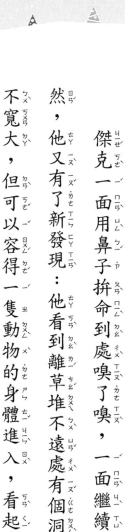

一夥人回來後，他們不但找不到我，我又會因為觸犯規章而被懲罰了。」

於是，傑克趕緊奔跑著回到汽車旅館。

威廉、南希和吉米看見了傑克，他們可高興極了，因為他們此刻正在為傑克的晚歸而擔心著呢。威廉抱住了傑克說：「傑克，你可回來了，你到哪兒去了？我們擔心極了！」

吉米接著說：「傑克，你今天可辛苦工作了一天！現在終於回來了，我們大家看見你，真是又高興又放心呢。」

南希緊接著說：「傑克，你辛苦了一天，肚子一定餓了，我已經為你準備好了你最喜歡的三明治和飲料。請你到這兒來，快快趁熱吃吧。」

此時，傑克心中深深體會到家人所給他的溫馨。他點點頭，搖搖尾巴，表達自己內心的感激。傑克吃完了晚餐，他感覺自己和家人都已經非常疲倦，於是，跟著大家早早上床睡覺了。

隔天清晨，傑克聽到的消息是彼得仍然未尋著。

如今，傑克更相信自己所發現洞穴裏的喘氣聲應是彼得所發出來的。可是，他又如何引導主人威廉、南希和吉米以及大衛，相信自己的觀點是對的呢？

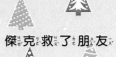

可以想見，傑克這時心中有多麼著急。因為，倘若今天沒有快一點兒到洞穴那裡救彼得出來，那麼彼得可能就會在洞裡窒息而離開人世。傑克心中急得像熱鍋上的螞蟻，可是，他應該用何種方法來讓主人了解他的整個心意呢？傑克在旅館的前院來來回回地踱著步。

傑克左思右想，終於想到了應如何來引起主人的注意。

傑克像是中了邪似的「汪汪」叫個不停，無論威廉、南希和吉米如何叫罵，傑克還是不停地叫著。

主人威廉的脾氣比較不好，於是，他大聲向吉米吼著：「吉米，請你現在就帶著傑克到野地去散步吧！」

吉米於是拉著傑克往草原方向散步去了。

傑克飛也似的拖著吉米往前跑，他一路跑一路叫嚷著。吉米被傑克馬不停蹄地往前拉扯，沒有喘息的機會。傑克越過大樹，跑過草原，吉米在後面窮追不已，幾乎就要喘不過氣來了呢。於是，吉米在傑克後面大聲喊著：「傑克，請你別跑得那麼快，請你慢一點兒，等等我吧！」

傑克跑到了第二個草堆旁，對於昨天所看見掉落在地上的獎牌，他意識到肯定是彼得掉落的，因此當他跑到獎牌旁就停下了

腳步。這時，吉米也及時趕到了，他喘著氣，停下來欲作休息，卻看見傑克低著頭看著落在地上的一個藍色獎牌。於是，吉米將它撿了起來，一剎那間，他對於傑克帶他來此的用意，他終於恍然大悟了。

從此地開始，傑克帶著吉米慢慢地走到最後一個草堆附近的古井洞旁。他「汪汪」叫了幾聲，幸運地，聽到彼得有氣無力的回應喘氣聲。吉米這時完完全全地了解了事情的真相：原來，傑克發現了彼得掉進了古井洞，而彼得正面臨著生命交關的危險時刻呢！

於是，吉米和傑克馬不停地回到了農場，稟告了威廉、南希和大衛。

大衛、威廉、吉米和農場裡的一夥人，拿著各種工具——桶子、繩子、竹竿和梯子等，跟隨著傑克趕緊來到古井洞旁。一來到古井洞口，大衛心急而難過地叫了幾聲：「彼得，我是大衛，我們已經來到洞口這兒了，很快就會把你從井洞底裡給救出來！你放心吧，使出你的最大力量，將你的雙腳設法攀住桶子和繩子，我們派人下去救你了。」

花費了幾個小時的時間營救，彼得終於被救了出來。傑克看見彼得幾乎奄奄一息，十分疲倦的樣子。他忍不住向前親了親彼得，彼得也有氣無力地搖著尾巴回應，算是表達他的感謝之意。

大衛和威廉、南希以及吉米，輪流摸了摸傑克的頭，表示了謝意。傑克也搖搖尾巴，昂起頭大聲地叫了幾聲「汪汪」，表示很高興接受大夥兒的讚美，同時也歡迎彼得被安全拯救了回來。

彼得被拯救了出來的好消息，當地的報紙刊登了大篇的敘述和報導，而且也不忘讚美說：「傑克是一隻仁慈勇敢又聰明伶俐的狗，他以冷靜敏感的態度，以寬容仁慈的心，拯救了冠軍牧羊犬彼得的性命！」

傑克的勇敢精神和慈悲的胸懷，不是很值得大家喝采和讚美以及學習嗎？

傑克終於成了英雄人物！

於是，傑克與彼得成了最好的朋友。威廉、南希和吉米，以及傑克，都覺得此次來『都衛農場』的度假之旅，真的是不虛此行而深具意義呀！

傑克相信，當他回到城市之後，就已經有很多的故事和話題可以告訴他的老朋友了。

敬老尊賢的小鳥

英國牛津大學是世界著名的學府，這個大學就位於英國中部著名的牛津地區。牛津之有名，除了有世界上最頂級的好學校之外，也因為它位於風景名勝的柯茲窩區。柯茲窩山嶺是英國泰晤士河的源頭，典型的英國鄉村景色，美麗而頗具地方特色。

柯茲窩山嶺雖然不高，卻有很多的森林環繞著山區。森林裡栽種了各種各樣的樹木，例如古代英國國王曾署名，而有「皇家樹木」尊稱的橡樹。橡樹是一種多年生的喬木，茁壯挺拔。如果我們舉頭往橡樹上望去，就可以看見一個個大小不等的黑灰色鳥巢，那一種形狀相同的黑灰色鳥巢，大多數屬於烏鴉家族所建。烏鴉家族喜歡聚集在一塊，親戚們一起築巢在同一棵樹上，可以互相照顧，共同抵禦外族鳥的侵略。

榆樹長得青翠而高聳，森林裡偶爾會聽到貓頭鷹啄樹的聲音，貓頭鷹很喜歡築巢在榆樹上。至於松鼠，則喜愛在榆樹林裡爬上爬下，到處找尋成熟的栗子，以備不時之需。森林附近綠油油的野地裡，住著好多的野兔家庭，他們最喜歡的乃是新鮮翠綠

的野菜和紅蘿蔔。如果你時常在森林散步，確實可以看見不同種類的野生小動物和不同顏色的鳥類。

柯茲窩森林裡的樹木，每到春天都會爭相吐出新綠芽，開出各種不同顏色的花。鄰近的櫻桃樹園，五月裡會開紅色的花；蘋果樹則是以它美麗而具有粉紅色的花朵來吸引人；李花也不落人後，在整個枝頭上開滿了白色的花來湊熱鬧。

大家都知道太陽未出來前，一清早就起床為人們和眾多動物們服務的，就是鳥類和公雞。當然，在森林裡最討人喜歡的莫過於築巢在樹上的鳥兒，她們從早到晚唱著輕脆動人的歌曲；

至於鄰近農場裡的公雞，其「喔喔」啼的叫聲更是響徹雲霄呢。

閒暇時，公雞們還會向鳥兒開開玩笑，大小公雞們還會異口同聲地說道：「親愛的小鳥們，大家都知道，太陽公公說我是最早起的

小鳥們真懂事，懂得敬老尊賢的道理，他們知道公雞在農場裡「喔喔」啼，喚醒人們早起，其聲響徹雲霄，小鳥尊敬公雞每天為大地服務不辭辛苦的偉大。

家禽。因為我的責任就是早起喚醒人們和動物們起床活動，這是我的天職。也因為天天如此盡心地為民眾及動物們服務，所以獲得很多的獎牌。我被大家稱讚的理由是充足而持續的，小鳥弟妹們，你們也真是愛湊熱鬧，還跟著我那麼早起！」

公雞帶著一點兒驕傲的態度，對小鳥們開玩笑說：「親愛的小鳥，你們唱的歌誠然很好聽，但有時候，你們的歌聲真像母雞唱搖籃曲給小雞聽一樣，會讓人想睡覺呢。」

小鳥們也以他們的「啾啾」聲問道：「親愛的公雞伯伯，能唱出好聽的歌是我們的本領，也是我們最迷人的地方。難道你不喜歡母雞唱好聽的〈咕咕歌〉給你聽嗎？而且，你也喜歡一面聽我們那悅耳的歌聲，一面與母雞媽媽一起跳舞吧？」

公雞回答說：「嘓嘓……嘓嘓……我我我……」

小鳥們說的可真有道理，公雞因此吞吞吐吐地回答不出話來。但是，他是一隻頗有大丈夫氣概的男子漢公雞，怎可能心甘情願地承認，自己竟然就這樣敗在了小鳥的兩三句話裡呢？

於是，公雞又繼續說道：「親愛的小鳥們，因為你們的『啾啾』聲實在太溫柔了，溫柔的歌聲雖然迷人，但是會使人迷惑呀！」

公雞們喜歡鬥嘴，向來是出了名的。自古以來，不就一直流傳著公雞鬥公雞的各種比賽嗎？這種遊戲，小鳥們也很支持，她們總是以唱歌的方式來為公雞們加油。

小鳥兒們知道公雞是非常熱心又喜歡幫助人的鳥禽，每天為農場做巡邏的義務工作，很是辛苦，卻從來沒聽過他們抱怨，農場裡的動物們都非常尊敬公雞們。小鳥們也知道公雞伯伯是很有愛心的朋友，公雞伯伯時常將農場主人給的花生、豆子和米粒分享給小鳥們。小鳥們知道公雞伯伯平常就喜歡開玩笑，而且也喜歡逗逗母雞們開心，鳥兒們除了衷心感謝公雞伯伯的關心外，當然一點兒也不會介意他說的玩笑話兒。於是他們與公雞伯伯說聲再見後，又成群結隊地往野地裡飛了。小鳥們非常喜歡在野地裡玩追逐遊戲，找找小蟲子吃。

小鳥們除了可愛又會唱歌外，的確很懂得敬老尊賢的大道理。不是嗎？

誰的臀部最漂亮

每年新年來臨前，住在英國南部肯特郡的『伊甸農場』動物村的動物們，都為了年節的來到而忙碌著。他們忙著清掃自家的庭院和屋宇，在屋子大門貼上春聯，做年糕，和各種不同的發財糕點等等。

過年時，各個家庭都會攜家帶眷地來參加集會，集會地點大都設在寬廣無垠的野地裡。集會時，還會舉辦各種各樣的活動，一般包括舞蹈和歌唱表演，還有賽跑，更會有各種甜點供應，免費品嚐。這些甜點都是由富有愛心的動物媽媽們準備的，每位媽媽都會精心製作她們最拿手的甜美糕點，雖然很辛苦，但也很高興能夠與大家分享自己的烹飪絕活兒，其樂也融融。

關於動物村的過年，往年一定會依傳統的方式，舉行跑步比賽，今年當然也不例外。比賽完，不管是輸或贏，動物們都必須遵守規定，那就是大家彼此需要保持君子風度，贏的一方不可以驕傲，敗的一方也不可因此而嫉妒，或是失去自信。當然，更不可因失敗或獲勝而產生仇恨。無論輸贏，大家還是好朋友，應該

一起歡歡喜喜地慶祝，好好享受點心和蛋糕。

村裡的動物們都忙碌著準備過年的食物，以及室內的整潔，和屋宇前後院及四周圍的打掃工作。住在『伊甸農場』東邊湖裡的青蛙家族，也是不例外地準備著。

小青蛙格格一大早就幫忙爸爸清掃湖裡的雜草，和漂浮在水上的落葉。到了下午，小青蛙不甘寂寞地來到『伊甸農場』的大花園裡，正好碰見了孔雀哥哥。於是，他很有禮貌地向孔雀哥哥打了招呼。

小青蛙格格說：「孔雀哥哥，你好。新年就快要到了，看見你的精神很好，你有什麼好消息可以和我分享的嗎？」

孔雀善善昂起了頭，閃動著他那美麗而迷人的五彩翅膀，很高興地說道：「小青蛙弟弟，你好。是的，新年就快要到了，看見你有了光亮又綠油油的身體，你的精神也很好啊！」

小青蛙格格說：「孔雀哥哥，今天我幫了爸爸清掃雜物，爸爸說我很乖，所以他會到市場去買魚，也會挑一件漂亮的衣服買給我。我很高興，等新年到的時候，我就有新衣服可以穿了。」

孔雀善善很高興地與青蛙格格一面說著一面展現他的新翅膀，說道：「青蛙弟弟，有新衣服可以穿真好，你看，我的新衣裳穿起來舒服又亮麗。你看，我的新衣服好看吧！」

孔雀善善又繼續說：「青蛙格格，你看，我的臀部也很漂亮吧！」孔雀善善一面說著，一面把屁股翹得好高喔！

小青蛙格格回答說：「沒錯，孔雀哥哥，你的衣服真的很漂亮，臀部也很迷人。」

孔雀被青蛙一讚美後更開心了。

孔雀高興得幾乎要飛起來，於是，又晃動著他的臀部，左右搖擺著說：「你看，我的臀部真像一把扇子，是世界上最美麗的臀部，你看是吧？」

未等小青蛙格格回答，站在一旁的小狗汪汪聽見了，卻不服氣。

小狗汪汪滿心不服地說：「不，你的臀部不是最漂亮的，我的屁股比你的可漂亮多了。」小狗汪汪一面說著一面搖擺著他那美麗的長尾巴。

滿嘴巴油膩膩，一向貪吃東西的小豬胖胖，聽見了小狗汪汪的大叫聲，他也搖擺著他的胖身體走過來了。

小豬胖胖說：「狗弟弟汪汪，你的臀部並不漂亮，你只是迎合著主人而搖起尾巴、擺動著臀部罷了，那不是好看的呀！你們看吧，我的尾巴是捲曲的，臀部是圓圓肥肥的，搖起來肉感十

家禽和家畜們爭著去參加「誰的臀部最漂亮」的比賽。

足，可以這麼說，我的臀部是全世界公認最漂亮、最迷人的！」

長得高高不像馬也不像騾子的小驢名叫盧盧，搖晃著他的頭說：「不，胖胖豬，你的尾巴短，臀部又大得像鍋底，一點兒也不漂亮。你們看，我的尾巴像一條繩子，可以舉得很高，那才漂亮啊。」

爬在樹上正在打盹的小花貓喵喵，被樹下的吵鬧聲給吵醒了，她輕輕地從樹上跳了下來。小貓的跳躍功夫是出名的，他也常常以此自豪。

小貓喵喵了幾聲後，說道：「你們的臀部都不算漂亮。你們看，我的尾巴可以舉高到我的頭上，也可以舉到我主人手邊。我的臀部可以坐在主人的腿上搖擺著，主人是多麼喜歡我的舉止啊。我是那麼受到主人歡迎，那才是最漂亮而受寵的吧。」小貓很自以為傲地說著。

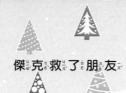

馬兒平平很有精神，時常挺著胸膛，他提起了馬蹄，「達達」地走來到大夥兒面前說：「你們大家看著，我的身材是多麼英俊，我的尾巴像一把漂亮的長毛刷子。賽馬時，成千上萬的觀眾都看著我飛跑著的腿，美麗的臀部和我跨越欄杆的英勇雄姿。所以說，我的臀部才真正是漂亮的，你們說是嗎？」馬兒平平自信又興奮地說著。

羊兒咩咩也從遠遠的地方「咩咩」叫著來到大家面前，他說：「咩咩，咩咩，我的尾巴是那樣茸茸的地捲曲著毛兒，潔白的毛像白雪，那是多麼漂亮而吸引人呀！」

負責農場警戒工作，正巡邏完畢的公雞郭郭，也飛快地來到大家面前，說著：「郭郭郭，我的尾巴和翅膀，展現在太陽的笑臉下，顯得格外燦爛。我的臀部也十分完美，每天一大早就飛躍而起。我除了贏得最為早起的家禽的好名譽外，又因為喚醒動物們早起，養成好習慣，太陽公公最讚美我了。我是多種動物們所感激的朋友，所以我的臀部是漂亮得大受青睞的。」

所有動物村的動物們都圍繞在湖邊某處，七嘴八舌地爭論著自己才有最美麗的臀部，每一隻動物都爭得面紅耳赤，唯有站在河葉上面的青蛙不出聲。他睜大了眼睛，豎著耳朵，專心地聽著

來自四面八方朋友們的自我介紹，但他自己卻是默默無語。

站在一旁的牛兄妹是最大智若愚而不動聲色的動物，他們的教養和風度非常好，而且向來與世無爭，何況，他們最樂意為每一種動物們的農忙而耕耘。牛哥哥牳牳引領著弟弟妹妹們，站在一旁很有耐心地聽著大家的爭論。

各種動物們因為七嘴八舌地你爭我奪，而說個沒完沒了。牛哥哥牳牳聽得甚為不解，因為你一言我一語，把他給聽得迷糊了。

牛哥哥牳牳的塊頭大，現在他大搖大擺而慢慢走到大家面前，提高了嗓門說道：「我看，你們大家都有美麗的尾巴和臀部，你們也不要你爭我奪地說個沒完。為了公平起見，我建議，我們不妨做一個比賽，看看到底誰的臀部最漂亮。我的兄弟姐妹共有四位，我的妹妹雖然也想參加，但是，為了保持客觀，她放棄參加的機會。現在，我們四位願意當大家的裁判，你們說可以嗎？」

一聽到要舉行「誰的臀部最漂亮」的比賽，大家異口同聲地說：「好，我們願意來參加這個頂有意思的比賽，也支持牛家四兄妹當我們的裁判。」

於是，牛哥哥牳牳擔當了，這個富有意義的活動比賽的責任

召集人，他的心中已經有了腹案。

牛哥哥姆姆就在現場宣布：「比賽的日期是在二月十四日情人節，時間是早上十點，地點則是在動物園大廳堂。希望願意參加的動物，都必須登記而有各自的號碼，也必須遵守大會的規則——那就是志願參加比賽的每一位成員，都必須遵守秩序，而不得吵鬧。而且，大家不應該太在乎成敗，而只該將之視為一項有趣好玩的活動，千萬不要因此而造成彼此的誤解和糾紛。倘若同意以上規定，就應該在參加的申請書上簽上名字，以示自己的承諾。謝謝大家的合作。我們會盡快將你們登記申請到的完成手續和編好號的文件，送到你們的家中。同時，也會將當天參加比賽成員的名字和號碼的掛牌一一送到你們手裡。」

於是，完成登記和申請的動物們，都懷著希望，高高興興地回家準備了。

向來住在湖裡，每天沐浴著荷花花香的小青蛙格格，他的膽量小，又非常害羞，平常除了上學外，很少與大家同樂。他知道自己並沒有美麗的尾巴，更不用說如何與大家爭奪。他看見大夥兒都高高興興地要參與這項別具意義的比賽，只有暗自傷心，因為天生外表不如人，連比賽的權利都沒有，可是他也不想放棄參與這個活動的機會。

由於青蛙生性內向，常常只是獨自在河面上唱著歌兒，於是，等大夥兒都離開後，他才從河面跳了出來。他快樂地跳啊跳地，跳到牛哥哥牳牳正在吃草的草地上。青蛙格格跳到牛哥哥牳牳的身旁，向牛哥哥說：「牛哥哥牳牳，我可以參加這次舉辦的『誰的臀部最漂亮』的比賽嗎？」

牛哥哥牳牳被青蛙一問，他覺得甚為奇怪，於是，他問青蛙說：「青蛙小弟，我們這一個比賽節目歡迎大家都來參加。但是，你是知道的，你沒有尾巴，就沒有臀部。你可以想一想，自己究竟有沒有臀部。倘若你有，那麼，你就可以參加，倘若你沒有臀部，那麼你又怎麼能來參加呢？」

青蛙格格回答說：「我因為好奇和覺得這個活動很好玩，所以也想試一試自己的運氣和表現。」

牛哥哥牳牳接著說：「參加這項活動，並沒有指明需要一定的條件才能參加，所以我覺得這是一項有意義的活動。既然你喜歡參與這個活動，我們很歡迎，那麼我就把你的名字給登記上去吧。我們會把你的名字登記好，並編排出你上場的時間和號碼。時間一到，歡迎你準時來現場參加，也請好好地表現表現吧!!」

青蛙格格經過牛哥哥的鼓勵，他下定決心，也有了更多勇氣。現在，他很開心可以成為比賽當天的成員之一。他充滿信心地向牛哥哥說聲謝謝後，就一蹦一跳地回家準備了。

為了這場比賽，小狗汪汪使用了主人給他喝的水洗了牙，而後舔舔他的尾巴，把尾巴和臀部給洗了個乾乾淨淨。小狗汪汪另外也訓練自己不再流太多不乾淨的口水。現在，他的身體好乾淨，他毛茸茸的尾巴一搖擺也顯得很有勁，看起來美麗無比。

羊媽媽將女兒的又短又鬈曲的尾巴給刷了刷，顯得很清爽，而且白茸茸的毛髮可真的漂亮極了。小豬胖胖把她那圓圓像個球似的臀部在湖邊給洗了一乾二淨，同時灑了一點芳香花露水。豬媽媽在她女兒小豬胖胖鬈曲的尾巴上綁了一個紅色的蝴蝶結，看起來可愛極了。

小兔子嘉嘉，仔細地將自己短尾巴和臀部上所沾的青草給搖落後，身體可乾淨多了。他的尾巴雖然短，可是臀部一搖晃也很有魅力，非常好看。

母雞幫公雞的忙，用她身上的小羽毛，將公雞羽毛上黏附的小米粒清理乾淨。現在，公雞更顯得年輕，走起路來神氣得很，當他的羽毛一搖晃，閃亮的雞翼顯示著小臀部的亮麗。

最愛漂亮的孔雀，將腳兒提起擦一擦指掉在羽毛上的小青菜和小米粒，又到湖邊照鏡子，擺好自己那亮麗的扇子姿勢，使臀部顯得更加寬廣燦爛。

馬兒使用了他的小馬蹄，輕輕地拍打著沾在馬尾巴及臀部上的青草，顯得很有精神，長臉上的氣色也顯得很是紅潤。住在馬旁邊的驢子，也甩甩他那長長的尾巴，將黏在臀部上的麥粉給清理得一塵不染，他的臀部可真乾淨極了。

牛家四兄妹在牛哥哥的指揮合作下，將競賽場地給布置好了，主要是一張很長很長的桌子。比賽的日子終於來臨了，所有動物們的胸前都配戴著名字和號碼，他們排隊依序進了比賽場地。四位裁判都坐在那張長桌前的座位上，他們的眼睛非常銳利，他們的腦袋非常聰明，他們的耳朵也很靈敏地聽著。

為了避免衝突和爭執，場地也有很好的安全措施和警衛把守著，警衛則由公羊來擔當。公羊穿著警衛服，看起來神氣而帥勁十足，很有精神。

參賽者按著各自的抽牌編號，輪流出場。排在第一號的是小兔子嘉嘉，第二號是小狗汪汪，第三號是公雞郭郭，第四號是孔雀善善，第五號是小羊咩咩，第六號是驢盧盧，第七號是馬平

平，第八號是豬小妹胖胖，第九號是山羊乖乖，第十號是青蛙格格。奇怪的是，進場時卻沒有看見小青蛙的身影兒。

排頭號的小兔子嘉嘉帶領著大夥兒進了場地，他們就在四個裁判面前繞成一個圈。競賽的規定動作有三項：第一項是每隻動物在自己的原位上表演自己的拿手戲，當然，就是表現自己臀部美麗的所在之處；第二項，在原位上唱歌或跳舞；第三項是說出自己的臀部如何迷人及其優點。

所有的動物都很有條理地依規定表演了第一項和第二項節目，牛哥哥所帶領的四個裁判，他們有板有眼地注意聆聽，也很有經驗地觀賞著一個個動物們的表演。他們鎮靜而沉著地，看著每隻動物真才實學的表現。

第三項節目的表演，首先由一號兔子開始，他說：「我的尾巴雖短，卻能帶動我美麗的臀部，扭動得豐滿而耀眼，是所有動物中最為美麗的。」

其他動物異口同聲說：「小兔子嘉嘉，你的臀部不是。」

小狗汪汪說：「我的尾巴最能贏得主人的歡心和快樂。我的尾巴一搖動，臀部也自然而然地扭著舞，所以，我的臀部是挺得最美麗的。」

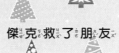

其他動物異口同聲說：「小狗汪汪，你的臀部不是。」

第三號公雞郭郭：「我的翅膀有五顏六色，每天早上一起來『喔喔』啼叫時，我的臉蛋、雞冠和臀部是赤紅色的非常美麗，太陽也在天空中欣賞我的美麗而微笑著，所以我的臀部是最漂亮的，你們說是嗎？」

其他動物異口同聲說：「公雞郭郭，你的臀部不是。」

孔雀善善以溫柔的聲音說了話：「我孔雀的羽毛是最美麗無比的，這是大家都承認的。我只要一展翅，舞動著最為迷人而美麗的臀部，就會贏得所有動物和鳥兒的鼓掌和歡呼。我可以這麼說，世界上最美麗的臀部，就是我孔雀所擁有的。」

其他動物異口同聲說：「孔雀善善，你的臀部不是。你的羽毛雖漂亮，但並不是最漂亮的臀部。」

小羊咩咩說：「我小羊的尾巴是潔白而又毛茸茸的，它鬈曲地布滿整個臀部周圍，所以當我搖晃著尾巴時，臀部也跟著搖擺起來，真像美麗的棉花。所以，我的臀部真是漂亮而又吸引人。」

其他動物異口同聲說：「小羊咩咩，你的臀部不是。」

驢盧盧說：「我的尾巴像一條繩子，可以掛滿搖鈴，當我的臀部跟著搖鈴晃動時，『叮鈴叮鈴』地可愛美麗極了。」

其他動物異口同聲說：「驢盧盧，你的臀部不是。你的搖鈴只是帶給大家吵鬧聲而已。」

馬平平說：「我在跳躍和賽跑時，尾巴和臀部也翹得高高的，人們給我的掌聲如雷。我的尾巴真像一把美麗的小刷子，我美麗的臀部也贏得數不盡的喝采。」

其他動物異口同聲說：「馬平平，你的臀部不是。」

豬小妹胖胖搖著綁著紅色蝴蝶結帶子的尾巴說著：「我胖胖的尾巴和臀部可以說是最為漂亮的，當我在吃東西時，我高興地搖擺著我胖胖肥肥的臀部，那是多麼吸引人呀！」

其他動物異口同聲說：「豬妹妹，你的臀部不是。」

山羊乖乖說：「我們山羊的角受大家歡迎而又漂亮，我們的臀部也一樣。我們的角一提起，臀部也跟著翹起來，你們不相信那是最漂亮的臀部嗎？」

其他動物都異口同聲地說：「山羊兄，你的臀部不是。」

當所有的動物都說明了他們的理由，也表現出最為迷人的尾巴和臀部後，卻沒有任何一隻動物能夠欣賞別人的好處和優點。

脾氣向來不是很好的小狗汪汪，不耐煩地開始叫著說：「各位先生們，請你們注意看著，我的嘴巴一張開叫時，我的臀部隨著旺旺叫時的力道，尾巴也隨著搖晃，那是多麼迷人啊！」

長得十分高大的馬平平則跑到狗面前說：「狗汪汪，不是你的臀部漂亮，而是我的馬尾巴跳躍時，臀部的搖擺最為吸引人。」

豬妹妹胖胖擠到前面說：「你們的臀部都不漂亮。我豬小妹胖胖肥肥而鬈曲的尾巴，加上綁了紅絲帶，一搖動起來，那才是最漂亮而迷人的呀！」

羊咩咩也搶著大聲地說：「豬妹妹，不是你的臀部，是我的，才是最為潔淨美麗。」

動物們又開始七嘴八舌、你一言我一句地吵鬧了起來，甚至你推我擠地互不相讓。大家都想擠到牛哥哥的面前來表現，於是整個大廳一時之間顯得又混亂又吵鬧。可以說，整個比賽場地，雖然沒有打架，卻是亂成了一片。

就在狀況混亂不已的時候，青蛙格格一面嘓嘓地叫著一面跳著來到了牛哥哥等四個裁判面前。啊！青蛙的尾巴是多麼美麗而芳香，他的尾巴和臀部擺動著五彩繽紛的花朵，多麼吸引人！這時整個場地的動物們都靜靜地看著。

青蛙格格來到牛哥哥面前，很有禮貌地向大家鞠躬。接著，他擺好姿勢，昂起頭，「嘓嘓」地唱起歌來。他那美麗的尾巴也隨著歌聲，自然地擺動著，插在尾巴上的一朵朵花兒更是顯得芬芳迷人。

向來很害羞的青蛙格格，這時鼓起了大大的肚子「嘓嘓」地說著：「各位動物朋友們，你們都看見，當我在唱歌時，我那美麗的臀部搖擺著，芳香到處瀰漫著，你們說，我的臀部除了美麗外，更有大家所沒有的芳香，這一點你們可看見而相信了吧！」

四位裁判和眾多動物們都看得發呆了呢。牛哥哥兄弟姐妹們這時站了起來異口同聲地說：「敬請各位注意，我們終於發現最美麗的尾巴和臀部了，那就是小青蛙格格所擁有的。我們在此宣布，青蛙格格贏得了本次『誰的臀部最漂亮』的競賽，冠軍就是他了！」

動物們聽到牛哥哥牳牳的宣布，大家都啞口無言而默認了，於是，大家都一致地拍手，鼓掌贊成，同意牛哥哥所帶領的裁判團做了公平而正確的裁判。

青蛙格格就在大家的歡笑聲裡，接受牛哥哥為他佩帶的花冠和綵帶，大家都相信牛哥哥的裁判是公平而正確的。

揠苗助長註定失敗

一位和藹可親的老師，來到學校的教室裡，為學生們講解植物的成長。老師解說植物的成長過程就像動物一樣，是需要掙扎和毅力的。學生們認真地聽著。為了讓孩子們容易了解，老師慢慢地解說著。但是，從孩子們的眼神裡，可以看得出來，在他們的小心靈中，是多麼期盼老師快一點兒解釋完，好使他們不用遐思就有現成的答案哩。

老師以小學生所學的成語故事來做比喻解說，居然得到學生們的共鳴和接受，於是學生們反應得更熱絡，也更高興地參與討論。

成語故事一般是來自古代民間的風俗習慣、生活體驗，以及智者與先知的先覺。這些成語不陳舊、不腐化而歷久不衰，卻像聖者的至理名言，句句符合時代性。

1. 揠苗助長

揠苗助長的成語故事，是說有一位農夫，栽種了一大片的禾苗。他天天到田裡巡視這一大片禾苗的成長情形，他老覺得稻禾長得特別慢。為了幫助稻禾能快速成長，有一天，他決定到田裡，將每一棵稻禾從根拉拔而起。他認為如此可以幫助稻禾增高，可以幫助快速成長。殊不知，這樣做，不但不能幫助禾苗長大，反而使得禾苗一棵一棵很快地死掉了。

看見學生們的踴躍發言和爭論，於是打鐵趁熱，老師又引用了另一個故事來解說植物成長的故事。

學生們一聽到有了另外的故事，更加快樂、熱心地參與課程，也更專心地聽著老師以故事來做的比喻。

2. 蝴蝶的蛹

曾經有個人在樹上發現了一個褐色的蝴蝶蛹，就把它搬了回家。每日，他都非常高興地仔細觀察這個圓蛹的變化。經過幾天觀察後，他留意到蛹出現了一個孔，過了一會兒，他看見蛹裡有個像是蝴蝶的身體，這個小身體在蛹裡轉動著，小片的蝴蝶翼嘗試著從小孔處掙扎而出。然而，小蝴蝶費盡了很大的力量，卻沒有任何進展。

這個人看到小東西在殼裡痛苦地掙扎，於心不忍，於是決定幫助小蝴蝶。他拿了一把剪刀，將蛹的盡頭剪開。很快地，他看見蝴蝶很容易地就從蛹裡出來了。他為此高興極了。沒想到，這隻蝴蝶的長相和形態卻與一般蝴蝶有一點兒不同，牠的身體肥腫，翅膀又細又瘦弱。這個人相信，小蝴蝶經過一段時間，一定會漸漸地長大的。但事與願違，小蝴蝶的身體越來越大，而翅膀卻沒有什麼成長。最後，這隻蝴蝶的餘生只能拖著肥腫的身體和細小的翅膀，在地上爬行，永遠也飛不起來了。

這個善良的人認為自己做了好事，卻不知道，小蝴蝶必須使用牠細小的身體從堅硬的蛹殼裡掙扎出來，牠必須經過如此的過程，才能將其身上的體液輸送到牠的翅膀裡，當成長到某種程度

時，自然而然地成為一隻美麗又健康的蝴蝶，而牠也才能拍動著輕盈的翅膀在花兒間飛舞。總之，蝴蝶在蛹裡掙扎，其實是為了牠將來的飛行而準備。

我們看見蝴蝶在花叢裡飛舞，牠們薄

動植物的成長有其自然的哲學和道理， 在成長的過程裡， 都需要經過一番奮力掙扎也需要耐心與毅力。

薄的五彩衣裳美麗得像印度紗麗，輕盈而飄飄然。蝴蝶是為美麗的花朵傳播花粉的昆蟲，然而，每個人都知道，蝴蝶是從可怕的毛毛蟲蛻變而來的。而且，成為蝴蝶之前，還得經過一個極其醜惡而堅硬的蛹的階段呢。在這最後階段，需要經過奮力掙扎，也需要耐心與毅力，才能成為美麗的蝴蝶。

在我們的生命裡，掙扎是有所必需的。倘若我們在一生中過得太順利，也許將無法懂得什麼是壓力和苦難，也許就因此而不懂得如何堅強，也不會懂得什麼是成長。倘若你是一位生長在舒適而備受保護的環境裡，就好比公主或王孫一般，你永遠也不會懂得什麼是困難。當有一天，意外的事情發生了，你真的不知道如何來面對。加上你不懂得分辨孰是孰非，進而受到壞人誤導，很可能從此就誤入歧途，一失足而成千古恨！

所以，當我們在成長的過程裡，除了接受父母的教導和學校的教育外，我們還得靠自己努力地學習。縱使犯了錯誤或遭遇失敗，也可以從中學習，獲得經驗。從苦難中學習如何接受挫折，而能堅強地再次站起來。然而，在學習的過程裡也必須有耐心和毅力，否則，將會使自己成為一個不會掙扎，而只是一個受到被剪蛹的人那樣。聰明的小朋友，你應該知道如何選擇使自己能健康成長的方法，而不會只是一味地被別人所支配吧？

第三單元

頑皮的水筆仔樹

熱情的山茶花

在英國的曼徹斯特城裡，住著一位和藹可親的老太太，名字叫做潔西。潔西每天都打扮得漂漂亮亮的去逛街，走了幾家商店後，她總不忘記買一束山茶花帶回家。花店的老闆覺得很奇怪，為什麼潔西從不買其他的花卉呢？

後來，老太太過世了。老太太膝下沒有兒女，她過世時，律師打開她的書櫃，發現遺物當中，有幾本保存完整無缺的日記。

潔西保存的這些日記，有幾本是由她的先生約翰所寫的。其中，有一篇耐人尋味的故事，故事的內容如此寫道：

親愛的潔西：

一九四三年一月一日　天氣晴

一九四三年初春的新年年假裡，媽媽和我很高興邀請你來我伯明罕老家作客。我們倆在微寒的清晨，沿著鄉間小徑散步。我們緩緩地走著，一陣陣的花香瀰漫林蔭的小路上。你的輕聲細語，給了我莫大的想念和遐思；你的微笑和甜美的聲音，舒緩了我因工作忙碌而產生的疲倦和壓力，更溫暖滋潤了我的心扉。我們來到威恩河河邊，聽見幾隻鴨兒聒聒地叫著，看見一群白鵝仰起頭向天高歌，牠們排著隊伍在水中悠然地游著。看見牠們多麼優閒自在，我們倆不由得莞爾微笑著。河邊的柳樹剛吐芽新綠，隨風款款地搖曳著。忽然間，聽見一聲「滴答」，隨即看見落葉飄了下來，它輕輕地掉在水裡，起了陣陣漣漪。呀，真像是一葉扁舟在水面上滑行啊！

河岸兩旁的小徑種了幾棵山茶花，花開紅豔而香氣漫漫，很是美麗。

山茶花的樹葉是對生，代表情侶成雙成對，它的樹葉顏色是濃濃的墨綠色不凋謝，代表人的健康富有精神和朝氣。山茶花的個性是穩重沉著的，是家庭幸福的花。桌上插一盆山茶花代表一家人平安。

你問我這些是什麼花兒？
我回答說：「那是『中國的玫瑰』山茶花。」
你說你喜歡這種花樹。
我問道：「為什麼？」
你輕聲地微笑著回答說：
「因為，山茶花既然是中國玫瑰，自然而然富有中國人的哲學道理。我們仔細觀賞山茶花的成長和個性，可以領悟不少道裡：它的樹葉是對生的，代表情侶成雙成對；它的葉子顏色是濃濃的墨綠色不凋謝，代表人的健康，富有精神和朝氣；它的花兒三朵對著開，代表夫妻和小孩一家平安幸福；它的花瓣是同心圓地向中心圍繞，表示夫妻

山茶花是園林綠化的重要樹材，花期長，葉片亮綠，樹冠多姿，花色美麗，馥郁芬芳。

倆心心相印。總之，山茶花的個性是穩重沉著的，可以說是家庭幸福的花兒。」

當我聽完你的一番富於哲理的話時，就像是愛神的一支箭，深深地射中了我的心，點燃了我心中的熱情火花。

山茶花是我最喜歡的花兒，我也說出了自己對於山茶花的認識。看見你靜靜地，微笑而用心地聽著，於是我更雀躍無比、更滔滔不絕地說著：「山茶花是園林綠化的重要樹材，花色美，花期長，葉片亮綠，樹冠多姿，是一種可以長得頗高大的小喬木，常常被廣泛地栽種於公園綠地。尤其，種在小山坡地

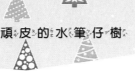

上時，更是大受歡迎，花兒也會開得更加美麗、馥郁芬芳。」

長長的一篇日記裡，寫著當年約翰對於潔西的青睞，也訴說著山茶花的美麗與嬌豔。潔西欣然地接受約翰的滿腔熱情，和體貼入微的柔情，從此他們如膠如漆地懷著永恆不變的心，任春去秋來，愛情彌堅永不墜。

美麗的山茶花，來自中國的玫瑰，開得滿園滿山，鮮豔紅似火。山茶雖然不會說話，卻深深地維繫著潔西和約翰之間的愛情，堅貞而聖潔。

頑皮的水筆仔樹

一次因緣際會，我參加了一項深具意義的綠色隧道之旅，地點就位於台灣台南台江國家公園。

坐在竹筏上沿著蜿蜒的小運河，欣賞著擁有幾百年歷史的紅樹林植物。這裡有一處清朝時代荷蘭海堡遺址，是清朝時代的小運河，如今是可以作為排水道的紅樹林自然植物觀察區，兩旁的紅樹林品種有水筆仔、欖李、紅茄冬和五梨跤等四種。蜿蜒的小運河風平浪靜，由於幾百年的紅樹林遮掩陽光成蔭，暈黃微光點點的蜿蜒柔和美麗的小河，特別涼爽和靜謐。

沿河觀賞著自然美景，水筆仔樹與五梨跤的根部呈叢狀生長，而向下掉落的根系，長大形成板根，根部具有海綿狀組織，可以幫助吸收氧氣，並過濾掉大部分存留在土地裡的鹽分。它們開花結果成圓錐狀，繼續生長，胚莖抽長呈筆狀，一枝枝地垂掛在枝條間，直到隔年二至四月間呈紅褐色才掉落下來。

水筆仔樹是河口生態中的生產者，提供蟹類、魚類和鳥類豐富的食物，以及棲息的地方。它以自然的方法減少土壤中的鹽分，此種落地生根的植物，是水土保護的最佳植物，備受科學家們所重視。

我看見了一叢叢的紅樹林，樹根像一枝枝筆倒掛落地成長，乃是大自然的美麗生態。我深深地感恩造物主的大能大德，以最為自然的方式，保護人類也保護了自然的沃土。

我心深處正默默地感恩的時候，忽然，我好像聽到樹間小精靈的聲音，他們讓我看見好幾叢頑皮的水筆仔樹精靈正在樹上跳躍，歡笑著互相追逐。啊，他們傳給我的信息是多麼喜樂的聲音呀！

我心中響起了疑問，啊！那會是什麼東西？又，那會是什聲音啊？於是，我認真地往左往右看了看，也認真又仔細地聽了聽。終於，我聽見了優美的歌聲和音樂，而這一種說話的聲音和唱歌的聲音，是來自一枝枝往天上成長的水筆仔樹所發出的。我甚至看見了水筆仔小精靈，正在水面上跳舞，歡樂地向我招手呢。

這是水筆仔樹傳給我的故事和傳奇：

水筆仔的祖先媽媽很偉大，她養了眾多的小筆仔樹，她教育孩子們如何因襲祖先的傳統，好好地照顧自己。從此，她有好多好多的孩子和孫子，她有好多好多的曾孫，她們住在這兒已經有幾百年的歷史啦。現在，我們遠遠望去，這些曾孫們不正環繞在

一叢叢的水筆仔樹，其樹根像一枝枝筆倒掛落地成長，乃是大自然的美麗生態，造物主的大能大德，以最為自然的方式，保護人類也保護了自然的沃土。

她身旁，抱住祖母奶奶快樂地歡笑著嗎？

水筆仔老奶奶及媽媽們每天日子都過得快快樂樂，平平安安的。而她們大部分的曾孫都很乖、很聽話，只要他們小小的根莖隨著水流搖晃幾下，兩手一垂就

可以落在土裡而冒出芽根兒繼續成長，不久之後，這些牙根兒又會變成一棵棵茁壯粗大的水筆仔樹了。

誰知，孫孫兒輩中，唯獨有一叢水筆仔樹頑皮而愛胡鬧，使得這位老祖母活了幾百年後，卻開始有了她的煩惱。

這一叢水筆仔本來長得清秀油綠而美麗，非常聰明活潑，但是也很好動。他不像其他兄弟姐妹們那樣任勞任怨地低頭與水低語，偏偏要抬起頭兒看著雲天，甚至妄想著抓住太陽的尾巴。他的根芽吊在半空中跳舞，他張開著葉子唱著歌，風一吹他的歌聲傳遍了整個綠色隧道，眾多哥哥姐姐們直誇他的歌聲優美，身體長得挺直而帥氣十足。小水筆仔就這樣被眾多的讚美誤導，做了反傳統的一叢水筆仔樹，那就是說他不想要落地生根和傳宗接代，而野心勃勃地想往高空中發展。

他整日地站立著，手高舉伸向白雲，昂起頭望向藍天，甚至於高傲地不太肯低下頭。只有偶爾聽到媽媽的叫喚聲，才垂眼看著媽媽，聽她說些叮嚀的話。一到下午，當白雲遮住了陽光，而自己又覺得口渴時，才低頭喝幾口水，或與媽媽說幾句話。然而，太陽一出來，他又頑皮地昂起頭，好奇地往遠方的天空看去。由於他喜歡這樣的成長模式，以致營養不良，也因此長得

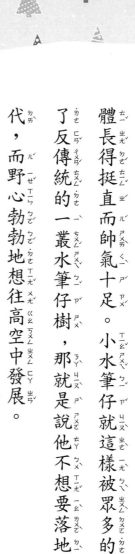

慢，也長不高。結果，他因為長得低矮，昂頭仍看不見遠方。於是，他的兩腳總是在水上踢踏著，人們都說他跳的踢踏舞可好看極了。當然，小筆仔樹叢聽到這些讚美，真的開心到了極點。

小筆仔樹叢的媽媽和哥哥們總是拉著他的腿，舞動他的手，再三催促著他說：「孩子，快一點兒下來吧！快一點兒找個新家，繁衍子孫，傳宗接代吧！」

日子一天一天過去了，哥哥姐姐們都依傳統而完成了傳宗接代的工作，唯獨小筆仔樹仍然是單一的一叢。小筆仔樹由於年紀漸漸大了，他那筆直的身軀經過風雨吹打，又遭受豔陽曝曬，漸漸地乾癟枯萎了，而且那一枝枝的水筆仔就那樣乾枯地掛在身上。

小筆仔樹一生想跳出傳統，然而，他的力量不足以與自然敵對，到後來他只有無謂地犧牲了。他的不幸故事，使人們覺悟到：如果不順應自然，一味地想跳出自然定律而與之搏鬥，那麼終究是會自討苦吃而失敗的。

恍惚間，我雖然聽到小精靈們的竊竊私語，然而聲音卻漸漸遠去了。他們活潑的身軀在空中飛翔，慢慢地離開了我的視野，消失之前，他們還回頭對著我微笑揮手，我也向著他們揮手說再見。

我目送著小精靈們，與他們說再見。片刻後，我又聽到遊客們對於蜿蜒崎嶇而又美麗的綠色百年隧道，讚不絕口，咄咄稱奇。我也隨著大夥兒開心地說笑，興奮地拍照。啊，這次的綠色隧道之旅，帶給我難以忘懷的快樂和美好回憶。

層層是皮白千層

來到植物園散步，除了能呼吸到新鮮空氣外，還能欣賞各種植物花卉的芳香，和各種生態植物的美麗姿容。在這廣闊的植物園林裡，有一種樹長得特別茁壯挺拔，滿樹繁花，花兒潔白芬芳，令人喜愛。

我遠遠地看見，有兩個小孩正圍繞在這棵芳香無比的大樹的樹蔭底下，一個正在剝它的皮，一個正攀摘垂掛的樹枝上的花

兒，他們看起來很高興，沒有人制止其行動。

男孩的手上已經滿是樹皮，樹皮碎碎地黏在他的衣服上，他的臉蛋笑得天真而可愛。另一位是一臉聰明的小女孩，她正拉高了長裙衣襬當花籃，裝滿了朵朵白色的花。他們高高興興地叫著，笑著，蹦跳著，歡笑聲充滿了樹林周圍。走在樹林裡的其他朋友也分享著他們的天真無邪和開心。孩子們來到正坐在樹下聚精會神地看書的媽媽身旁，異口同聲地向媽媽說：「媽媽，媽媽，我們採了好多好多的花和樹皮喲！」媽媽面帶著微笑地說道：「你們兩位，怎麼玩得如此開心，把衣服都給搞得髒兮兮的！你們是從哪兒採了這麼多的花兒和樹皮呢？」

慈愛的媽媽又問道：「你們知道這是什麼樹的花和樹皮嗎？」兩個小孩兒的眼睛互相對看著，他們答不出媽媽提出的問題。於是，媽媽笑著說：「孩子們，這是一種名叫白千層的植物。你們坐到媽媽身邊來，我跟你們講講有關這種植物的知識吧！」

孩子們快快樂樂地坐到媽媽身邊，乖乖聽著媽媽說白千層的故事。

白千層是一種常綠喬木，原產於澳洲、印度等地，它又稱為相思仔、日本相思樹。它的樹葉互生，形小而長，就像柳葉一樣，在秋末冬初會開出白色花朵。它最吸引人注意的是，它的樹皮會一層層地剝落，剝落下來的樹皮可以作為紙張來書寫，尤以毛筆書寫最為合適。

這一種樹整年綠油油的，一般被作為人行道樹和園景樹，也可以作為一種防風樹籬。白千層的樹皮是淡黃褐色的，一層層

白千層的樹皮是淡黃褐色，一層層的樹皮薄如紙張，會自然脫落，整年綠油油，栽種作為人行道樹和園景樹，也可以作為一種防風樹籬。

的樹皮薄如紙張，會自然脫落，人們可以很輕鬆地將它一層層剝下來。每年白千層的木酸栓形成層都會向外長出新樹皮，並將老樹皮向外推擠，老層與新層皮互相更替，因而形成樹皮層層披掛在樹幹上的模樣。我們可以根據樹皮的層數，計算出白千層的年齡。

白千層是一種常綠喬木，樹形優美，花盛開時有如落了滿樹的美麗白雪。它的朵朵白花很像小小的刷子，非常醒目，因此白千層又稱為白瓶刷子樹。

聽了媽媽詳細的解說之後，孩子們興奮極了，他們異口同聲地說道：「媽媽，那麼我們就去摘幾朵花來當玩具刷子吧！」

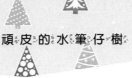

媽媽急忙說道：「白千層花雖然長得很漂亮，但是具有花粉毒性，有過敏體質的人必須注意，因為一吸入花粉後可能會噁心、呼吸道過敏，甚至會引起氣喘病呢。」

媽媽又繼續說：「所以，為了避免發生感染，我們只要欣賞花的美麗，而不要去接觸比較好。更何況，種在植物園林裡的植物，都是提供給人們欣賞的，花朵也不可以隨便摘取喔。」

雖然，白千層的花具有毒性，但葉子和嫩枝卻可以提煉出白千層油，那是一種強烈而有效的抗菌劑，可以抵抗細菌、病毒，對於治療傷口感染很有療效，我們常使用的萬金油裡面的藥劑成分就有白千層。

兩個聰明的孩子聽到媽媽的解釋後，學到了不少，他們連忙一起向媽媽說聲謝謝。他們決定，此後在植物園或公園裡，絕對不可以再亂摘揀花木了。

孩子們在公園或植物園裡採摘花卉，本是不應該的行為，必須接受適當懲罰的；然而，如果能夠以和藹仁慈的態度給予適當的機會教育，那麼，孩子們承認錯誤並加以改進的效果，肯定會比以責備的叫罵方式好得多。聰明的父母和老師，都懂得機會教育的好效果。

玉潔生輝的洋玉蘭

會開花的樹，雖然只是植物的一種，但是，它們也像人類一樣具有生命。嚴寒的冬天一過去，春天就隨著來臨，各種各樣花兒的開放，其實也像四季時序一樣，是按著既定秩序而不爭先恐後的。一輪到自己出場的時刻，花兒們就開心地張著嘴兒，向大地微笑。

當我們在欣賞花兒開放時，也許會發現到，有些花兒開得響叮噹，豔麗無比，有些花兒卻是顯得脆弱而易於凋謝。可以說，花兒也像人們一樣，要開放得青春又富朝氣，能帶給大地奼紫嫣紅、繁華熱鬧，就需要接受適當的水土保持，並添加所需的肥料。有些花樹，會在靜謐的冬天裡吸取大地晨露的精華，接受晚間霧氣的滋潤，積累和蘊藏精力，才能滿枝光華，奔放得更為持久。

在八月裡一個清新帶點涼意的早晨，我漫步在英國倫敦麗晶公園，晨曦正微微地露出一點兒頭來，空氣裡也隱隱約約地飄來一陣陣芳香。我聞香望去，眼前盡是茁壯挺拔的橡樹林，它

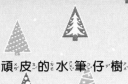

們怎可能給我玉潔冰清，而幽情無限的感覺呢？我尋尋又覓覓，突然眼睛一亮，夾雜在幾棵橡樹中間，竟然有一棵葉子豐碩又綠油油的大樹。

我不知道這是一種什麼花？只是感覺一股非常特別的芳香，這種芳香帶有一點兒奶油味。

我好奇地往芳香來源的大樹觀看，樹上開了幾朵玉潔冰清的白色花兒，樹幹孤傲不俗，花瓣一大片白而高逸，真像出水的芙蓉仙子。這花樹雖然沒有白色蓮花的聖潔，卻有蓮花所沒有的芳香。溫暖的陽光照耀在這幾朵高聳而不染塵俗的白花上，花香就在空氣裡瀰漫著。其清香使我的心洶湧澎湃，真像一隻美麗的蝴蝶翩翩飛舞起來。於是，我興致盎然地決定找出這種花的名字，還有它的原始來源。結果，我在百科全書裡發現，它的名字就叫做洋玉蘭花。

洋玉蘭，又叫廣玉蘭、荷花玉蘭，它是白玉蘭花的姐妹花。白玉蘭花是瘦長形的花瓣，然而，洋玉蘭的花瓣卻是橢圓形的。她們都是一種常綠喬木，先葉後花，葉子為橢圓形，長達三十公分，寬十五公分，上面暗綠色，葉的兩面幼時有絨毛，長大後變得光滑。晚夏開花，馥郁芳香，形似荷花。每年六到七月間，自

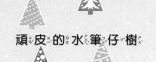

葉間抽出花梗，梗上密生絨毛，花朵很大，為杯形或荷花形，直徑約三十公分。花瓣六片，倒卵形，乳白色，有香氣，花萼兩片成花瓣狀。果實為卵形，紅色聚合果。洋玉蘭的花瓣，也是製造優質香水的原料之一。

在英國，很多古堡都會栽種國王樹，在國王樹的周圍則種著幾棵洋玉蘭作為搭配。我們一定會覺得奇怪，國王樹和洋玉蘭樹，都是長著寬大而綠油油的橢圓形樹葉的植物，那麼為什麼宏偉的古堡建築，有了茁壯挺拔的國王樹，還需要孤傲不俗的洋玉蘭樹來作陪伴呢？是不是它們也有一個引人入勝的故事呢？

據說，從前有個英國國王娶了一位漂亮的皇后，一起住在一棟富麗堂華的古堡裡。皇后美麗而清純，就像下凡仙女一般聖潔。大家都知道，皇后很喜歡洋玉蘭花所做的香水和肥皂。國王和皇后相愛甚深，皇后時常騎著一匹白色的馬陪著國王出外打獵。他們愛民如己，把國家治理得很好，深受人們的擁戴和尊敬。

隔了幾年，皇后懷孕生了一個小公主，可是很不幸地，就在小公主誕生的那天，皇后由於流血太多，身體虛弱而過世了。

國王非常傷心難過，於是就將皇后埋在古堡花園裡的一棵

國王樹旁邊。隔年，皇后的墓園裡長了一棵綠油油而茁壯挺拔的樹，樹上開滿一朵朵白色的花兒。那花兒的花形是圓的，十分碩大且芳香無比。那棵花樹也就是洋玉蘭花。從此，國王為了紀念皇后的美麗純潔，及其所表現的愛心和憐憫特質，於是國王恩賜，英國大大小小的古堡都要栽種洋玉蘭。

一株株洋玉蘭，就像梳妝打扮過的仙女，光潔鮮麗，姿態嬌美。當洋玉蘭花盛開時，有如身穿素雅服飾的仙女下凡，在半空中圍繞成圈，彷彿正在那兒表演著〈霓裳羽衣曲〉呢。洋玉蘭孤直挺立，真可說是玉樹臨風。晚風一吹，香味陣陣。每當月亮徐徐上升，花兒款款，那是多麼美麗的夜景呀！洋玉蘭雍容端莊，顏色如冰玉生輝，如素娥著衣，如晶瑩剔透的雪。讚美它的形態，有如清純玉女能跳霓裳羽衣曲；說它的丰姿，可比芙蓉出水的楊貴妃；說它的芳香，就只能形容那是一種能沁人心脾的芳香了。

太陽的女兒向日葵

八月是一個陽光普照的月份，人們興高采烈地到處玩樂，或在自家附近的公園裡打球、散步、盪鞦韆，或玩玩蹺蹺板遊戲。這是英國一年中最暖和的季節，熾熱的陽光灑曬在人們的臉上，曬得紅暈暈的。放眼望去，寬闊而綠油油的草坪，就像一大片綠色地毯一般，讓人很想在上面躺一躺。一整天，孩子們的歡笑聲充滿了整個公園，他們心中的快樂寫在臉龐上，他們的運動細胞活力充沛。也有好幾對情侶徜徉在綠色的草坪上，聊天，曬太陽，情話綿綿。

草坪上另一個角落，有位身穿紅色洋裝的女孩，和一位穿著花襯衫、牛仔褲的姐姐，正在跟她們親愛的媽媽學著編織花環呢。這真是令人雀躍歡欣的時刻呀，到處洋溢著快樂而又熱鬧的氣氛。

晴朗的天空裡，除了紅紅的太陽外，還有朵朵白雲飛躍，小孩子們的歡樂笑聲，也彷彿披上了風的翅膀，在整個公園裡到處飛來飛去。

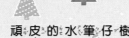

藍天裡的太陽公公與雲師和風神等三位天神，雖然彼此的年紀都有好幾千萬歲了，卻還是喜歡在一起取樂玩耍，而且童心未泯，喜歡為小事爭鬧不休。如今，他們三神看見大地一片熱鬧景象，也想要湊湊熱鬧和逗逗趣加味兒，感染一下人間的歡樂氣氛。這時，頑皮的風神想出一個主意，讓他們三位來做個比賽，看看到底誰的力量比較大。這個比賽的勝負標準是，誰能夠使在公園裡玩樂的人們脫光身上的衣服，誰的力量就是最大的。

於是，高踞在天空上的三位神就開始展現自己的能力來了。首先表演的是風神，其次是雲帝，最後是太陽公公。

此時，公園裡的人們正興高采烈地玩耍，天空突然起了微微的變化，風兒開始吹了起來。本是微微的風，不久，風兒卻兇狠地猛吹。在公園裡玩耍的人們，深怕自己的衣服被風給吹走了，只好將衣服緊緊地往自己的身上抱；而且擔心會傷風感冒，因此又將大衣給穿上了。所以，風吹得越猛烈，人們的衣裳也就抓得越緊而不放。結果，風神只好承認自己的力量的確不夠大，低著頭不吭一聲地回到原座，放棄了得冠機會。這時，狂風既歇，公園又回復了原本的涼風徐徐。

接下來，雲師出場。在天空中飄走著的白雲，在陽光的照耀

下成了朵朵雲彩，美麗得就像花絮一般，一串串地高掛在天空。然而，黑雲一出現就顯得面目可憎，一副不討人喜歡的模樣。黑雲知道大家都不喜歡他，於是，更用力而猛烈地從四面八方聚集了眾多黑雲朋友，不一會兒，白雲都不見了，整個天空烏雲密布。人們眼看著天空將要下雨的樣子，深怕被雨給淋濕了，於是個個從包包裡取出了雨衣，身上裹得緊緊的。黑雲大帝看見公園裡的人們，現在一個個都撐起了傘，非但沒有人脫掉任何一件衣服，反而把衣服裹得更緊了保護身體，以免被大雨淋濕。黑雲大帝終於知道人們不喜歡他的原因了，而且他的力量也不夠大，無法讓人們脫掉衣服。於是，黑雲也就默默地與朋友一起離開，天空再次飄逸著棉絮一般的美麗白雲。

太陽公公眼見著風神與雲帝都表現過，而且都失敗了。於是，太陽站起身來，用兩手微微地撥開白雲，圓圓的臉蛋微笑著。他鼓起了勇氣，勇敢地向著大地照射著。人們知道天氣又轉好了，遂脫掉雨衣，在可愛的太陽底下，開始笑嘻嘻地玩起球來。時間一分一秒地過去，玩球的孩子玩了一陣子後，感覺天氣越來越熱，於是個個將身上的衣服一件一件脫下來。揹著大袋子走在路上的農夫，眼見陽光越來越強，身上越來越熱，汗流浹背，汗水都滴到了地上，於是農夫也將身上的衣服一件一件地脫下來，甚至脫掉上衣，打著赤膊呢。此時，雲帝和風神都看呆了，他們終於了解到誰才是真正最有力量的天神了。

當風神與雲帝找太陽公公來挑戰時，樹木與花兒也和人一樣，是會傷心和難過的。

例如，在綠油油的田地裡，種了很多的向日葵花。一清早，太陽就從東邊的山頭露出笑臉。這些花兒就像是太陽的女兒，梳妝打扮得漂漂亮亮的，身穿綠色的衣裙，頭上配戴著一頂金黃的大帽子，圓圓的臉龐，黑黑的眼睛睜得大大的向著太陽微笑。這些向日葵，一朵一朵的花兒開得可真漂亮極了。

突然，又是颳風，又是下雨，這些太陽的女兒們眼看著天空黑雲密布，深怕美麗的臉龐受傷，於是黃黃的帽子就低垂著保護。當雨水打在它們美麗的頭頂上，點點滴滴地滑落在它們腳底下，這些花兒不是很像傷心的小姑娘，哭喪著臉，盼望著太陽能夠快點兒出來，好聽聽她們的心聲嗎？

風神與雨神屢次向太陽挑戰，總是失敗告終，然而，他們還是不氣餒，不灰心，而太陽公公也從來未曾生氣過。太陽公公每次都露出笑臉來迎接他們，甚至以和藹可親的臉龐來安慰他們

說：「只要你們有信心，我隨時都樂意接受你們的挑戰。」

於是，太陽公公又高高興興地從雲層裡露出了美麗的圓圓臉龐，閃爍地照耀著大地，整個地面又充滿著快樂和歡欣。

少年文庫007　PG0730

新銳文創
INDEPENDENT & UNIQUE

傑克救了朋友
──林奇梅童話故事集

作　　者	林奇梅
繪　　圖	林奇梅
責任編輯	林千惠
圖文排版	郭雅雯、邱瀞誼
封面設計	陳佩蓉

出版策劃	新銳文創
製作發行	秀威資訊科技股份有限公司 114 台北市內湖區瑞光路76巷65號1樓 電話：+886-2-2796-3638　傳真：+886-2-2796-1377 服務信箱：service@showwe.com.tw http://www.showwe.com.tw
郵政劃撥	19563868　戶名：秀威資訊科技股份有限公司
展售門市	國家書店【松江門市】 104 台北市中山區松江路209號1樓 電話：+886-2-2518-0207　傳真：+886-2-2518-0778
網路訂購	秀威網路書店：http://www.bodbooks.com.tw 國家網路書店：http://www.govbooks.com.tw
法律顧問	毛國樑　律師
圖書經銷	貿騰發賣股份有限公司 235 新北市中和區中正路880號14樓 電話：+886-2-8227-5988　傳真：+886-2-8227-5989

出版日期	2012年4月　初版
定　　價	250元

國家圖書館出版品預行編目

傑克救了朋友：林奇梅童話故事集 / 林奇梅著. -- 初版. --
臺北市：新銳文創, 2012. 04
面； 公分. --（少年文庫；7）
ISBN　978-986-6094-63-7（平裝）

859.6　　101002107

讀者回函卡

感謝您購買本書，為提升服務品質，請填妥以下資料，將讀者回函卡直接寄回或傳真本公司，收到您的寶貴意見後，我們會收藏記錄及檢討，謝謝！

如您需要了解本公司最新出版書目、購書優惠或企劃活動，歡迎您上網查詢或下載相關資料：http:// www.showwe.com.tw

您購買的書名：________________________________

出生日期：________年________月________日

學歷：□高中（含）以下　□大專　□研究所（含）以上

職業：□製造業　□金融業　□資訊業　□軍警　□傳播業　□自由業

□服務業　□公務員　□教職　□學生　□家管　□其它______

購書地點：□網路書店　□實體書店　□書展　□郵購　□贈閱　□其他

您從何得知本書的消息？

□網路書店　□實體書店　□網路搜尋　□電子報　□書訊　□雜誌

□傳播媒體　□親友推薦　□網站推薦　□部落格　□其他__________

您對本書的評價：（請填代號　1.非常滿意　2.滿意　3.尚可　4.再改進）

封面設計____　版面編排____　內容____　文／譯筆____　價格____

讀完書後您覺得：

□很有收穫　□有收穫　□收穫不多　□沒收穫

對我們的建議：________________________________

____

____

____

請貼
郵票

11466
台北市内湖區瑞光路 76 巷 65 號 1 樓
秀威資訊科技股份有限公司 收
BOD 數位出版事業部

(請沿線對折寄回，謝謝！)

姓　名：__________　年齡：______　性別：□女　□男

郵遞區號：□□□□□

地　址：______________________

聯絡電話：(日)__________　(夜)__________

E-mail：______________________